CLAVARSE LAS UÑAS

FINALISTA XLIII PREMIO DE NOVELA FELIPE TRIGO

Lucía Rodríguez

# CLAVARSE LAS UÑAS

FUNDACIÓN JOSÉ MANUEL LARA

Ayuntamiento de
VILLANUEVA DE LA SERENA

DIPUTACIÓN
DE BADAJOZ

JUNTA DE EXTREMADURA

Esta novela fue finalista del XLIII Premio Felipe Trigo, convocado por el Ayuntamiento de Villanueva de la Serena. Formaron parte del jurado, presidido por Paloma Sánchez-Garnica, Acacia Ruiz Sierra, Laura Corral Cabezas, Elisenda Hernández Janés, José Soler Fraile, María Victoria Pineda González, Isabel María Pérez González e Ignacio F. Garmendia

Primera edición: abril, 2024


Avda. Reino Unido, 11, 1ª. 41012 Sevilla (España)

Edición al cuidado de Ignacio F. Garmendia
Maquetación y diseño: Manuel Rosal
Fotografía de cubierta: Jorge Fabra Portela



Depósito legal: SE 692-2024
ISBN: 978-84-19132-38-3

Printed in Spain–Impreso en España

A Daniel y a Jorge

## LA ESCULTURA

### 1

La escultura es de bronce. Está a punto de brotarle una pátina verdosa. Mide setenta centímetros. El acabado es mate.

Representa a una niña de pie. Seis años. Está descalza, lleva el pelo recogido y la falda a la altura de las rodillas, igual que el uniforme del colegio. Un dedo por encima de la rodilla es lo máximo que puede remangarse la falda. Hasta ahí le llega a la escultura.

Tiene la cabeza inclinada hacia abajo, su mirada es de párpado. Solo párpado. Es hermosa la escultura con su falda y su coleta, su tamaño perfecto, su color discreto. Sus manos recogidas, una conteniendo a la otra.

El hombre me regaló esa escultura.

Qué náusea imaginar el momento en que la vio, en una mesa larga y tosca plagada de la obra de un escultor hiperrealista. Él la detecta enseguida entre todas las otras. La quietísima, la indefensa, la pasiva. Esa es la que quiere.

Saca del bolsillo del pantalón billetes doblados en dos. Como una matrioska gorda, cada billete cubre y esconde al siguiente. El más valioso, el más rotundo es el que acoge al resto. Es la base que descansa directamente en la palma de su mano izquierda. Después los de cien, los de cincuenta, los de veinte, hasta los últimos de cinco. Ordenados y planchaditos.

Los desdobla. El pulgar derecho acaricia diez o doce billetes y los entrega a cambio de la niña congelada.

¿Qué hace la niñita cuando ya no mira hacia abajo, cuando quiere soltarse el pelo, cuando se quita la falda?

Dice, idiota.

Piensa, imbécil, muérete. Muérete pronto.

La niña gira un poco la cabeza. Mira desde abajo, de reojo, por encima de la bota que le aplasta la oreja, la sien y el moflete deformado. Entonces, ruge, muerde la suela, la revienta, sigue por la planta del pie, le roe el metatarso por debajo. Se le deshace la coleta.

Y luego la extenuación, el vacío posterior, el anticlímax, el metabolismo basal. Lo hueco. Solo párpado de nuevo.

Durante un tiempo la escultura era lo primero que veía al entrar en casa. Le di un sitio preferente. Cuando empezó a darme asco no supe en qué rincón esconderla. Me hice con un mapa de ríos para arrojarla a un lugar apartado, pero de fácil acceso en coche, porque la niña pesa. Abandonarla semisumergida, a la intemperie, entre unas ramas y unas piedras, fresca, ladeada y, ahora sí, completamente cubierta de verdín, de cardenillo venenoso.

De momento sigue en una esquina de la terraza. Mira hacia abajo, le llueve encima, le caminan gorriones por delante, le cae el sol de plano a partir del mes de abril.

# PARTE I
# PRECONCIENCIA, TERROR INFANTIL

## 2

Hubo un tiempo en que el hombre de la escultura me regalaba joyas, sobre todo gargantillas. Casi siempre eran de cordón, algunos gruesos, otros más finos pero todos cortos, de los que quedan pegados a la garganta. También me regaló una pulsera, una esclava.

El hombre de las joyas me sorprendió en una ocasión con un gorrioncito. Estaba tieso. Tieso por muerto y tieso porque era de oro macizo. Pesaba tanto que al principio tenía que agarrarlo con las dos manos. Fui creciendo y un día la palma de mi mano ya tuvo tamaño de gorrión. Me cupo entero.

La forma del pajarito era casi esférica por un lado y plana por el otro. Tenía la cabeza de lado, abandonada. A mi madre le encantó desde el principio. Un día se lo llevó a la habitación que usaba de despacho y lo colocó sobre una montaña de actas e informes. Un gorrioncito pisapapeles.

También me invitaba a comer a sitios caros. En una ocasión fuimos a un restaurante italiano que estaba cerca de mi colegio. Aunque era mediodía, el comedor estaba oscuro. El mantel a cuadros rojos y blancos tenía restos de cera de una vela puesta y repuesta mil veces sobre el mismo soporte. Un camarero la encendió. El hombre del gorrión, la escultura, los billetes, las joyas, dijo, es muy romántico estar con una señorita a la luz de una vela. Se me desplomó la mirada al borde del mantel, se me retorció la tripa, se me instaló la vergüenza. Me dio una arcada.

El hombre romántico venía a recogernos a mi hermano pequeño y a mí un fin de semana sí y uno no para pasar juntos el sábado y el domingo. Se ponía furioso si le hacíamos esperar en el portal, si tardaba en bajar el ascensor, si advertía mis ojos rojos e hinchados de haber llorado, si faltaban zapatillas en la maleta, si mis uñas estaban un poco largas, si las uñas de mi hermanito estaban un poco sucias, si mi peinado no era de su gusto.

Él siempre muy elegante. Tan alto. Tan culto.

Ojalá le merezca.

Ojalá le guste.

Ojalá me quiera.

Algunas frases que salían con frecuencia por detrás de la montaña de papeles que pisaba el gorrión muerto:

El hombre es muy bueno.

El hombre te quiere mucho.

Tienes mucha suerte con el hombre.

En una habitación enorme, el hombre ambiguo colocó su cama entre la de mi hermanito y la mía para cuando dormíamos en su casa. Roncaba tan fuerte que me despertaba en medio de la noche, arrebujada y aterrorizada por los estertores de aquel sapo gigante.

Le gustaba mucho un juego al hombre sapo. Me tenía que poner a los pies de la cama. Él venía andando desde el fondo del cuarto. Cuando estaba a un metro, hacía como que tropezaba y se lanzaba sobre mí. Con su peso caíamos los dos al colchón, yo debajo, él encima. Empezaba a hacerme cosquillas. Fuerte. Notaba sus dedos muy profundos en mi costado. Un día le dije que me dolía. Paró en seco. Se incorporó muy serio, se estiró el jersey, se dio la vuelta. No volvió a hablar el resto del fin de semana.

Así no me elegirá nunca.

Así no le mereceré en la vida.
Así no le gustaré jamás.

3

Un día el hombre de las cosquillas trajo a una amiga. Nos la presentó a mi hermanito y a mí.

La había encontrado en un bar, detrás de una barra muy larga. Él tenía cuarenta y cuatro años y la identificó de inmediato: esa, la que parece un junco recién brotado. La que dice con voz templada, enseguida, señor, aquí tiene su café, señor. La de la coleta, la que devuelve una sonrisa retraída al cliente inoportuno, la que se disculpa, se me cayó una gota de vino al servirle su copa, señor.

Aunque vivía en otra ciudad la amiga del hombre cazador pasó a estar casi siempre presente cuando lo veíamos. Venía a misa, venía al teatro, a las cenas y los paseos, venía en las vacaciones más largas. El resto del tiempo no sé si estaba con el hombre. Ella hablaba poco de sus clases de doctorado en la universidad, de sus compañeros de estudio, de sus hermanas. Una presencia recogida, tenue, discreta.

Al hombre le gustaban los juegos interpretativos. Su preferido era el de la amiga criada. Durante las vacaciones lectivas, cuando ella no tenía clase, la invitaba a pasar unos días en su piso. Sus cosas estaban en el cuarto de servicio pegado a la cocina. Allí la instalaba el hombre, en el espacio al que se accedía por la escalera interior, en la hura sin calefacción ni ventana, en los únicos metros de la casa cuyo suelo –en lugar del parquet que empezaba justo al borde del cuartito– era frío de loseta. La amiga se encargaba de hacer la compra, de dejar la cocina limpia, de reponer bayetas y productos de limpieza cuando faltaban.

El hombre patrón hacía creer a todo el mundo que su amiga era la hija mayor. Mis hijas van a compartir dorada a la sal, decía al *maître* cuando nos llevaba a un restaurante caro. El hermano pequeño tomaba un filetito empanado. La conversación pasaba a girar en torno a la ficción de que la amiga pedía permiso para hacer cosas de su edad y el hombre padre de todas, autoritario y vigilante, ponderaba la situación y permitía hacer o no. En el juego no la dejaba ir de viaje de fin de curso y ella suplicaba y decía por favor, por favor, que será muy divertido. Y debía de serlo porque se reían mucho. En cambio, el hombre hacía como que sí la dejaba asistir a un seminario sobre una asignatura de su carrera, pero no podía comprarse un bolso nuevo que era muy caro. El barullo de las hijas amantes y las amantes hijas.

Nos enloquecía. Dispuestas como estábamos a satisfacerle sin reservas, éramos incapaces de anticipar su humor. Nos quería niñas, sí, pero inertes: detestaba que jugáramos a no pisar las rayas de los adoquines, a inventarnos letras de canciones, a probar todos los perfumes de una tienda. Nenas sí, pero mortecinas: si hablábamos alto, si reíamos fuerte, si bailábamos con la orquestina del parque, él arrancaba una mirada lacerante de su cara enjuta para arrojárnosla en un disparo de repudio. Crías sí, pero ensimismadas: nunca veíamos a nadie que no fuera él.

## 4

Fue más o menos cuando lo del gorrioncito muerto que empecé a restregarme. Sobre todo, en el colegio, contra el pico del pupitre, contra el borde del lavabo, contra unos contrafuertes de hierro que llegaban hasta el suelo y que en el recreo otras usaban como escoba de bruja, como caballo de princesa. La profesora me decía a menudo, se te va a poner esto así. «Esto» lo acompañaba apuntando hacia su propia vulva. Para enseñarme el «así», separaba sus manos un metro aproximadamente. Esto, así. Esto, así.

Nadie más parecía reparar en los restregones. Mis compañeras no preguntaban, no lo reproducían, no se interesaban. Jugaban y multiplicaban la tabla del dos mientras yo frotaba con ahínco. Un día en el recreo vi a una niña de otra clase que hacía movimientos parecidos en el borde de un escaloncito que dividía el patio en dos. Lo probé. Una frente a la otra. Se llamaba Carmen.

¿Qué le estaría pasando a Carmen en su casa?

## 5

Antes de conocer a su amiga.

Mucho antes de que me regalara la escultura, antes de las comidas con velas y de que empezara a recogerme en función de un calendario –ahora te libras, ahora no te libras–, antes de todo aquello el hombre de las cosquillas se construyó un chalet en las afueras.

Recuerdo muy poco y muy deslavazado. Una casa grande lejos de la ciudad. Tres plantas, muchas estancias vacías, algunas con olor a humedad. Eco.

Recuerdo que en esa misma urbanización vivían un futbolista inglés de primera división y un productor de cine. No recuerdo, pero supongo, que ellos buscaban sosiego y refugio de la fama donde el hombre buscaba oquedades.

Recuerdo que no había forma de llegar ni de salir en transporte público.

Los chalets estaban separados por varias hectáreas de terreno. La empleada de hogar estaba interna. Apenas recuerdo, pero me consta que mi madre vivió también allí conmigo.

Recuerdo las dos perras que el hombre compró para completar el jardín y las largas correas de hierro, un extremo anclado a la caseta, el otro al cuello de cada una de las perras. Me chirría aún en la cabeza el ruido continuo de los eslabones arrastrándose por el asfalto, toda la mañana y toda la noche, de un lado a otro. Recuerdo que de tanto en tanto el runrún metálico remataba en un acento, un ruido más seco seguido por dos segundos de silencio cuando la cadena ya no daba más. Casi todos los días las correas acababan enredándose y las perras se daban dentelladas la una a la otra, asfixiadas por la falta de espacio y la presencia opresiva de la víctima espejo.

Recuerdo que sentía miedo de esas perras rabiosas. El hombre sádico las hacía sentarse cuando me acercaba. Le obedecían de inmediato. Entonces me dejaba acariciarlas con el pie, poner mi botita forrada de borrego sobre el lomo de una perra y luego la otra. Mi madre, a varios metros de distancia, miraba con mi hermano en brazos, un recién nacido envuelto en mantas.

Recuerdo el día que mi madre se fue de esa casa. La interna se fue también. Nunca volvieron. Yo sí volví. Y volví de nuevo con mi hermanito. Y volví otra vez en función de un calendario quincenal –ahora te libras, ahora no te libras–. Y seguí volviendo durante años, un fin de semana de cada dos.

En la planta de en medio de ese chalet era donde jugábamos a las cosquillas. Donde se me daba la vuelta el cuerpo entero si me notaba los ojos de haber llorado.

Así no me elegirá nunca.

Así no le mereceré en la vida.

Así no le gustaré jamás.

## 6

La primera vez que mentí fue por una clase de judo.

Me confesé un mes antes de hacer la primera comunión. Cuatro curas sentados en el altar de la capilla del colegio, cuatro sillitas vacías colocadas a su lado y una fila de escolares que iba pasando a la vista de profesores y padrinos.

Padre, me confieso de que he mentido: le dije a mi madre que había ido a judo y no fui. Me quedé en el recreo.

Mirada de párpado, coleta pulida, voz tenue, manos en la falda, piernas juntas.

De las clases de judo detestaba el cuerpo a cuerpo, agarrarme a niños que veía por primera vez, las hiperextensiones, la alerta constante, el combate. Ningún elemento de esta retahíla convencía a mi madre, que sabía ser inflexible y vigilaba cada lunes y cada miércoles cómo preparaba la mochila del día siguiente con la equipación completa: el cinturón blanco-amarillo, el pantalón, la chaqueta.

Tienes que ir.

Mamá, por favor, no quiero. Por favor, quiero quedarme en el recreo.

Tienes que ir.

Lo que ella no decía, pero sobrevolaba entre su mirada y mis manos dentro de la mochila gris:

Tienes que aprender a defenderte tú solita.

Tienes que ser capaz de protegerte tú misma.

Que te enseñen los señores del judo.

Y también hacían el trayecto entre su mirada y mis manos, sobrevolando de ida y vuelta:

El hombre es muy bueno.

El hombre te quiere mucho.

Tienes mucha suerte con el hombre.

Así que es obligatorio que vayas a judo.

De pronto, un día, la posibilidad de la mentira abriéndose paso como una grieta de luz, cambiándolo todo, alterando el estado de las cosas, otorgándome una cantidad casi inmanejable de poder. Una grieta consistente tan solo en no ir. No ir y no decir nada. No ir y quedarme en el patio restregándome. No ir y aparecer después con la falda plisada, la cabeza ladeada, las manitas juntas.

## 7

La ensoñación era otra grieta.

Cada noche antes de dormir recreaba la misma fantasía. Algo parecido a ojalá se muera, ojalá se estampe en la carretera, ojalá le venga un camión de frente y su Audi quede como un acordeón y no le puedan sacar los bomberos. Ojalá me llamen un día al colegio, me recoja mi madre apesadumbrada y diga entre sollozos, el hombre, el hombre, el hombre ha muerto. Que ella como divorciada no sepa bien cuál es su papel en la gestión del retorno del cuerpo. Y yo llore. Llore de alivio, de posibilidad, de consuelo. Llore de descanso.

Un día oí al padre de una amiga decir que Audi era uno de los vehículos más seguros del mercado. Esa noche la fantasía cambió de forma. El hombre empresario había comprado un espejito para mirar los bajos del coche porque había aparecido en listas de objetivos, habían encontrado su nombre en zulos estratégicos. Ojalá un día en el parking del hotel donde suele alojarse en sus viajes de trabajo. Que de nuevo alguien venga a avisarme al colegio. Mi madre, sus lamentos. En ese caso del cadáver se encargaría el Estado. El mismo llanto de alivio, el mismo bálsamo.

Y así, en el huequito de la grieta, me quedaba dormida.

## 8

Padre no hay más que uno.

(Menos mal).

Nadie te va a querer como te quiere tu padre.

(Menos mal).

Mi padre no murió en un accidente de coche. A mi padre no le mató ETA. No tiene colesterol, ni riesgo coronario. En mi familia paterna no hay antecedentes de demencia, ni enfermedad degenerativa. La esperanza ha sido siempre mínima. Su madre murió con noventa y siete años, su padre con ochenta y cuatro.

Accidente de tráfico.

Atentado terrorista.

Envenenamiento echando insecticida en el zumo de naranja.

Envenenamiento sacando el polvo de los cebos para cucarachas y mezclándolos con la levadura de cerveza. Su color es parecido.

Cáncer de páncreas –pedir el deseo cuando se me cae una pestaña, la atrapo, la pongo en la punta del dedo índice y soplo.

Cáncer de hígado –pedir el deseo con los ojos muy prietos mientras mojo los dedos en el agua de Lourdes.

Tumor cerebral –desearlo con los ojos cerrados al apagar las velas de cumpleaños.

Atragantamiento con el tapón de las gotas para los ojos. Papá, por favor ¿me abres con los dientes este frasco, que yo no puedo?

Puñal afilado, colocado de punta sobre su colchón, tapado con las cuatro mantas que utiliza cada noche.

Disparo a bocajarro, en el abdomen. Recordar llevar guantes por las huellas dactilares. Soltar la pistola. ¿Cómo se consigue una pistola? Salir corriendo. Que me encuentre el futbolista inglés, decir que me he perdido, que venga mi madre en coche a recogerme, contárselo todo. Convencerla para que no me delate.

¿Me delataría?

## 9

Un día apareció otro hombre. Llegó a la hora de comer un viernes de principios de septiembre. Yo tenía ocho años.

Mi madre se había pasado la mañana en el baño cubriéndose las pestañas con una máscara embetunada y grumosa. Le llevaba mucho tiempo porque había que esperar entre capa y capa a que la pasta se secase. Eran mínimo tres capas.

Me encantaba sentarme en la tapa del váter a mirar cómo ese rito iba transformando los ojos color miel de mi madre. Abundancia materna. Ella mientras tanto me contaba su encuentro con el otro hombre hacía un mes escaso. Insistía en que era un señor muy importante, el tercero más importante de España, decía. ¿Cómo se hará esa lista? ¿Qué lugar ocuparé en esa lista?, pensaba.

Estábamos nerviosas. Yo también quería ponerme guapa, ser encantadora, hacerme irresistible para el tercer hombre de España. Pero solo tenía a mano bañadores gastados, camisetas viejas y pantalones cortos. Eran nuestros últimos días de vacaciones en la casita de adobe que mi madre había heredado en el campo. Mi hermano jugaba al balón fuera de casa, pateándolo una y otra vez contra el muro de piedra, ajeno a la llegada inminente de aquel hombre, despreocupado de lo importante que era.

Apareció en un coche blanco. Era calvo. Fumaba. Tenía barba canosa y ojos saltones. Llevaba una camisa de cuadros verdes y morados.

Mi madre me dio una cesta de mimbre para que fuera a recoger unos tomates de ensalada. Julia, enséñale dónde está el huerto, dijo.

Él me siguió por un breve camino de tierra. Apenas hablaba, no intentaba ser simpático. Aquí es, dije cuando llegamos. Cogió la cesta de mimbre de mis manos y señaló una fila de tomateras. Tú recoge por ahí, mandaba con naturalidad. Yo dudaba si algunas piezas estaban lo suficientemente maduras y le preguntaba. ¿Esta vale? Respondía sin blanduras, sin halagos, sin incitación.

No había en su voz ni en su mirada ningún amago de interés hacia mí. Le gustaba solo mi madre, por eso había venido. Al terminar de comer fui a jugar a la viña, me hice un hatillo de sarmientos y trepé a la higuera para alcanzar algunos higos altos que aún no se habían caído. Me gustaba comerlos con piel y todo.

Al caer la tarde mi madre llamó desde la casa.

Se va el otro hombre, ¡despídete!

Él movió la mano a lo lejos y le saludé de vuelta desde encima de la higuera.

Esa noche, mientras se quitaba los regueros de rímel con leche limpiadora, mi madre hablaba sin parar:

Es muy simpático. Me he sentido muy a gusto, creo que él también.

La verdad es que me parece encantador.

Ay, yo creo que ha ido muy bien, ¿tú crees que ha ido bien?

Aunque no le has hecho apenas caso.

El otro hombre se llamaba Tomás.

## 10

Seis meses más tarde Tomás vino a vivir a nuestra casa. Se besaban continuamente. Cuando mi madre llevaba una camisa con bolsillo, él metía la mano jugando y le tocaba el pecho por fuera. Si sonaba una canción en la radio, dejaban la cena empantanada y se ponían a bailar en el hueco entre la mesa y la placa de gas.

Desde que Tomás vivía en casa, mi madre me había desterrado de su cama. Por primera vez dormía en mi propio cuarto, en mi propio colchón, en mi propia sábana. Su cuerpo, su molicie y su calor se habían convertido en algo diferente, algo que sorbía el otro hombre.

Pintarme los labios dejó de ser lo primero que hacía al llegar a casa del colegio. También dejé de ponerme en el pelo la sábana que simulaba una larguísima melena. Ya no me transformaba en lo que entendía que era la cúspide de la feminidad y la belleza. No sabía cómo encarnarlo ante la mirada extraña de un hombre nuevo, de un hombre ajeno.

Con él llegó la primera canción protesta que escuché y un halo de madre adúltera en mi colegio de curas. También las segundas mentiras: ¿ese hombre? No sé quién es. No, no le conozco. No, no es el novio de mi madre.

Con Tomás llegaron las paellas que le encantaba cocinar cada domingo. Huevos fritos con puntillitas, jamón del bueno, regalos de San Valentín. Esas navidades montó el primer Belén con agua corriente que vi en mi vida. Y estaba en el salón de mi casa.

## 11

Un día se me escapó. No me di cuenta.

El hombre violento puso la televisión. En ese momento salieron unas imágenes de Tomás entrando en el Parlamento, rodeado de varias cámaras y hablando con otras personas. Unos segundos.

Sentí una emoción muy aguda. Era la primera vez que veía en la televisión a alguien que yo conocía.

¡Pero si ese es Tomás! ¡Es Tomás! ¡Sí, ahí está Tomás!

¿Cómo que Tomás? ¿Pero tú conoces a ese señor? La voz más abisal del mundo.

Silencio.

Silencio.

Silencio.

Di, ¿qué pasa, te has quedado muda? ¿De qué le conoces?

Le conozco porque es amigo de mamá.

Apagó la tele, se levantó del sofá, salió del salón y se encerró en su despacho. La amiga hermana me miró, volvió la cabeza de nuevo al frente, hizo con la lengua un chasquido de fastidio y se fue a la cocina. Mi hermano pequeño sacó unos cochecitos de juguete y empezó a hacer brun brun brun encima de la alfombra.

El hombre no volvió a hablarnos en todo el fin de semana. Comimos en silencio, cenamos en silencio, desayunamos en silencio.

Así no le gustaré jamás.

Ser más tenue, más discreta, más contenida.

Más párpado, más párpado.

Ser solo párpado.

## 12

El verano siguiente Tomás nos llevó en su coche blanco a conocer el pueblo donde se había comprado una casa frente al mar. Viajábamos de noche. Desde el asiento de atrás me entretenía mirando cómo la luna creciente entraba y salía de un ciprés, un pino, montículos, peñas, fábricas, túneles. Todo lo que se deja atrás en la carretera hasta la playa. Como siempre el hermanito se recostó en mi regazo y se durmió. Al cabo de un rato yo también me dormí.

Llegamos de madrugada y nada más aparcar el coche en la puerta, salió la vecina de la casa de al lado. Se llamaba Reme. Sin preguntar cogió algunos de nuestros bultos y nos dijo a mi madre, a mi hermano y a mí dónde teníamos que ir cada uno, dónde estaban las habitaciones y los cuartos de baño. Cuando dejó todo organizado, se volvió a casa.

Sus ojos eran verdosos, con muchas motas en tonos marrones. Era bajita y tenía forma de triángulo invertido, ancha de hombros y escurrida de cintura para abajo. Parecía imposible que unos muslos tan flacos soportaran el peso de aquel busto enorme que costaba rebasar para saludarla con un beso. Yo creía que por eso andaba con las piernas separadas, para conseguir más estabilidad y no caerse de boca.

Al despertar a la mañana siguiente, fue todo decepción. La playa era de agua turbia y piedras irregulares que hacían un daño terrible en los pies. Además, estaba al lado de una fábrica de cemento. Esa parte de la costa seguía siendo lo de siempre, un lugar humilde y feúcho. En el primer baño me puse a bucear cerca de la orilla buscando boquerones y cristalitos romos, pero no se veía nada. Por la tarde Reme me invitó a merendar. La puerta de su casa daba a un patio y estaba siempre entreabierta, con las persianas echadas para que no entrara la solana de poniente.

Nos puso la tele a sus hijas y a mí, un bol de cereales y leche fría a cada una y se sentó a coser en una silla pegada a nosotras. De su casa lo que más me gustaba era la balaustrada blanca que separaba el patio de la calle. Tenía la altura perfecta para que desde fuera las vecinas pudieran apoyar el brazo, doblar un poco la cintura, coger un quinto de cerveza y unos picos de pan.

Empecé a ir con las hijas de Reme a todas partes. Tenían edades cercanas a la mía, una un poco mayor y la otra algo más pequeña. Tocaban al timbre de casa de Tomás antes del mediodía para bajar juntas a la playa. Nos separábamos para comer, volvíamos a vernos a la hora de la merienda y seguíamos jugando hasta que mi madre llamaba a cenar. Aunque me acostaba tarde, me gustaba quedarme en la cama un buen rato despierta, atenta a los ruidos de la casa, tan distintos. Las risas y las conversaciones de los vecinos en el patio de Reme, el murmullo del cine de verano, el mar, el estrépito de cazuelas, las aspas del ventilador, la voz de mi madre, la risa de su novio, el chasquido de un mechero.

Mi madre estaba tan contenta, mi padre tan lejos y yo era todavía tan niña que podía ir en bañador de la mañana a la noche, llevar el pelo enredado y comer cornetos de nata a cualquier hora. Tomás intervenía poco y casi siempre para conquistarme espacio y posibilidades. Le decía a mi madre, déjala. Déjala que entre, déjala que salga, déjala que vaya en bici hasta los túneles del cantal, déjala.

Ese verano casi me olvidé de restregarme. Estaba atenta a otras capacidades recién adquiridas: nadar más lejos, patinar más rápido, aguantar más segundos haciendo el pino, resistir el hambre y la sed para no tener que recogerme en casa, pedalear bajo el sol ardiente y sucumbir a la noche para renacer cada mañana. Mi piel había cambiado por completo, morena y cuarteada, con un polvito blanco de sequedad porque no había tiempo para cremas, ni las de antes del sol ni las de después.

Agosto acabó.

El día 31, en el coche de regreso a la ciudad empezó a rezumarme la angustia y la madurez precoz. Los labios amargos otra vez. El 31 era jueves, así que al día siguiente a las siete en punto estaría mi padre, alto y delgado como una estaca afilada, esperándome al otro lado del portal para llevarme el fin de semana.

Estás muy callada.

El barullo incesante de listas se interrumpió para que pudiera cruzarse por mi cabeza un cállate, mamá, ¿tú qué sabes? y después continuar:

El equipaje del fin de semana, que no se me olvide nada, que no se enfade papá. Las zapatillas. Las zapatillas de estar por casa, que no me falten esta vez.

Llevar las uñas bien cortas.

Que mi hermano lleve las uñas bien cortas.

Las de los pies también.

Y los oídos limpios de cera, que se le acumula mucha cera a mi hermano en las orejas y si le asoma, luego nos regaña.

Atender diligente su llamada de esta tarde, que no suene mucho rato el teléfono antes de cogerlo, que no se enfade papá.

Buscar la manera de que cuando mañana venga a buscarnos no note que he llorado, que no se me pongan los ojos rojos. Que no pase como aquella vez que se me enganchó el bajo del vestido en la barandilla del portal. Se descosió un trozo y quedó colgando por detrás. Me miró con mucho asco.

Usar mañana un poco de polvos de talco, que vuelvo con la piel demasiado morena y papá se va a enfadar. Mi hermano también tiene la piel demasiado morena ahora que lo veo, ¿cómo lo disimulo? Meter polvos de talco en la maleta.

Aplicarme mucho en el colegio, las clases están a punto de comenzar de nuevo. Sacar muy buenas notas este trimestre, que no se enfade papá.

El miedo duraba más que la vergüenza, que el alivio, que la falta de ansiedad. El terror duraba más que todo lo otro.

## 13

Ese otoño las mentiras fueron creciendo. Me sentía capaz porque ya había probado el engaño con mi madre por la clase de judo y la negación de Tomás con mis amigas del colegio. Lo intenté con mi padre.

Me tomaba la lección cada tarde en su llamada de las siete. Los fines de semana no, los fines de semana podía descansar. Al principio de curso había que comprar dos ejemplares de cada libro de texto. Uno para que yo aprendiera, otro para que él controlara. Me marcaba lo que tenía que estudiar de memoria para la llamada del día siguiente: mañana, de la página veinte a la treinta del libro de lengua española. Yo recitaba la lección por teléfono, en un cuarto a solas para que no hubiera ruidos que me distrajeran –que no se enfade papá con los runrunes.

Él lo seguía todo con su propia versión del manual al otro lado del teléfono. Al final me ponía nota y la nota consistía en una de estas dos alternativas: un diez o el escarnio.

Conforme llegaba del colegio a las cinco y media, me ponía a memorizar hasta que sonaba su llamada a las siete cero cero. De lunes a viernes las tardes eran pura angustia por dar bien la lección, acertar con las palabras, la entonación, la dicción. No decir nunca «o sea», no decir «como si», no decir «apagao», «templao», «ventilao», no decir «eso es cuando» al comenzar una definición.

Una tarde, de pronto, la grieta de la mentira abriéndose paso: ¿y si lo leo? ¿Y si leo las páginas que me marque para mañana?

Solo pensarlo desató un frenesí de luz entrando a raudales. Lo leo. Lo leo y de vez en cuando hago que titubeo para que no sospeche. Lo leo y sobre la marcha meto algún sinónimo para que no desconfíe: «nombre» en vez de «sustantivo»; «complemento directo» en vez de «objeto directo».

Después de practicar durante un par de tardes, me metí en el cuartito, cogí el libro de lengua y leí. La lección me salió muy bien. Repetí el proceso durante semanas.

Conseguía una nota de diez cada tarde. Con el engaño se empezó a abrir un huequito en la tripa que me permitía, de pronto, merendar después del colegio y jugar un rato a las maestras con mis peluches. Mis peluches lo hacían muy mal. Se equivocaban sin parar, cuchicheaban entre ellos, hacían borrones en el cuaderno y no me quedaba más remedio que estamparlos contra el gotelé de la pared y dejarlos a oscuras dentro del armario hasta después de la cena.

Un día casi a final de curso mi madre entró en el cuartito sin avisar y me vio leyendo la lección. Ella, que nunca hablaba con el hombre, me arrebató el auricular del teléfono, se lo acercó a los labios y dijo simplemente:

Lo está leyendo.

Entendí que yo estaba haciendo algo monstruoso y por eso mi madre tenía que entregarme. No había más remedio, no le dejaba otra opción. Aun así, debió de ser tal la cara de pánico que puse, debió de ser tal mi mueca de espanto que se acabó reflejando en la cara de mi madre. A medida que ella se despegaba el auricular de la oreja y alargaba el brazo para devolverme el teléfono, vi cómo su boca se abría, los ojos se le agrandaban y la frente se le llenaba de arrugas.

Espejo de mi terror. A partir de ese momento mi madre empezó a ayudarme con todas las mentiras.

## 14

En mi clase había una niña más pequeña que las demás. Su cuerpo era cortito, tenía una cabeza minúscula y las manos muy delgadas. Solía tener legañas en los ojos, unos pegotes amarillentos en las pestañas de arriba y de abajo. Fue la última en aprender a leer y escribir.

Iba detrás de mí a todas partes porque yo había sido la primera en aprender a leer y escribir. Se me pegaba en la fila, en el patio, en el comedor, iba al baño cuando yo iba y, si no tenía ganas, me esperaba en la puerta del retrete a que terminara. Una vez se puso a restregarse intentando hacer lo mismo que yo, pero no le salía o no le veía el sentido y entonces solo miraba y esperaba.

La zarandeaba todo el tiempo. Si se me pegaba mucho en la fila la empujaba y de un solo empellón la tiraba al suelo. Ella se levantaba y se volvía a colocar a mi lado, un poquito por detrás de mí. Si la alcanzaba jugando al pilla-pilla le tiraba del pelo, la agarraba de la coleta, me quedaba con mechones en la mano. Ella gritaba, se le escapaba alguna lágrima y volvía a colocarse un poquito por detrás de mí.

La niña chiquita nunca se había quejado, pero un día la profesora me vio en el patio cómo le daba una patada en el costado que la hizo doblarse sujetándose fuerte la cadera. Me llamó al acabar el recreo. Me preguntó calmada, pero con voz severa por qué había pegado. Se me puso mirada de párpado, voz tenue, manos en la falda, piernas juntas.

Al llegar a casa castigué al gnomo con gorrito rojo que me había hecho mi abuela. El gnomo había pegado y le arranqué los pelos de la barba. Había pegado y se iba a quedar sin ver la luz del día el resto de la semana. Se merecía que le aplastara con las patas de la cama.

A partir de ese momento no volví a pegar a la niña. Solo arañaba, lanzaba escupitajos y tiraba de los pelos a quien se metiera con mi hermano pequeño. Protegía como una fiera al pajarito caído del nido. Solo eso. Leía cada vez más de corrido y escribía con muy buena letra. En el recreo me restregaba y luego me tumbaba al sol en la esquina más despejada del patio.

Ese año entró en mi clase un niño nuevo que se llamaba Sergio. Era muy moreno, tenía el pelo un poco más largo que los demás y jugaba bien al fútbol. Me gustaba Sergio.

No recuerdo cómo ocurrió, de quién fue la idea, cómo acabamos allí. Solo recuerdo estar con él en uno de los diez retretes del cuarto de baño de las niñas con la puerta cerrada. En el sexto contando desde la entrada porque era mi favorito. Me levanté la camiseta y él miró la nada de carne que se aparecía y me dio un beso en la boca lleno de babas. Salimos los dos corriendo y no volví a mirarle a los ojos en el resto del curso. De reojo sí miraba todo el rato y le preguntaba a su amigo varias veces al día si yo le gustaba y si decía que sí, le preguntaba que cuánto y si contestaba que no, le decía que él qué sabría, que no tenía ni idea, que claro que le gustaba a Sergio.

## 15

Las llamadas de teléfono iban en las dos direcciones. Mi madre también llamaba los días que pasábamos con el hombre.

Había dos cosas importantes en esas llamadas. La primera no ponerme a llorar, no ablandarme al oír su voz tierna y sentir su cariño por el cable del teléfono. Que no se notaran mis ganas de colarme por el auricular y llegar hasta sus brazos. Sonreír. Tener la voz ligera, que mi padre nunca pensara que yo estaba triste porque no quería estar con él.

Mi hermano pequeño no lloraba nunca. Ni cuando era jueves y faltaba solo un día para que el hombre viniera a llevarnos de fin de semana, ni cuando era viernes por la tarde y yo preparaba mi maleta y la suya. Tampoco cuando cerraba las dos maletas y las arrastraba hasta la entrada para que al llamar el hombre al telefonillo no tardáramos en salir al ascensor. Ni cuando le revisaba las uñas y la cera de los oídos, ni cuando sonaba el timbre del portal y era el hombre, ni cuando llamábamos al ascensor.

La segunda cosa importante era que mi madre llamara puntual, justo a la hora que habían acordado. Si se retrasaba más de cinco minutos mi padre desconectaba el teléfono. Entonces ya no podíamos hablar ese día y, aún peor, tampoco se fijaba una hora para la llamada del día siguiente. Me quedaba sin saber de ella los días que faltaran para volver a casa. Pedirle a mi padre que volviera a conectar el teléfono, soportar su mirada y su enfado, era peor que la angustia de no saber si a mi madre le había pasado algo. Si ese semáforo se pone en rojo antes de contar hasta cinco, es que está viva. Si consigo llegar hasta el otro lado de la calle sin pisar las rayas blancas del paso de cebra, es que ella está bien.

El hombre se negaba a hablar con mi madre en ninguna circunstancia, así que, cuando ella llamaba puntual, la hora del día siguiente se acordaba a través de mí. Justo antes de despedirnos, yo dejaba el auricular en la mesita del teléfono, iba hasta el salón, le preguntaba a qué hora podía llamar mamá y con suerte se ponían de acuerdo a la primera o a la segunda. Pero si mi madre tenía planes, si se iba a comer con amigas, si tenía entradas para el cine, la negociación era durísima. Duraba todo lo que yo aguantara. En el momento en que me echaba a llorar por las idas y venidas, por la dureza del intercambio, mi madre bajaba la cerviz, cambiaba sus planes y aceptaba la hora que él decía. A veces, si había tenido que ir y venir muchas veces al salón, mi hermanito acababa saliendo del cuarto de juegos con un dinosaurio de plástico en la mano y preguntaba con su media lengua: Juli, ¿qué pasa? Yo le tranquilizaba con mis tres cuartos de lengua, le acariciaba el pelo y cogía otro dinosaurio que iba a darle un mordisquito al suyo.

Mi padre también se negó a ponerse al teléfono un mes de julio que estando con él de vacaciones, mi hermano cogió neumonía y le salió una mancha en el pulmón. Tenía cinco años, yo nueve. Habíamos ido a un pediatra y un neumólogo. Por más que lo intentaba, era incapaz de recordar los términos médicos que el hombre decía para que yo informara a mi madre. Ella le oía toser por el teléfono y estaba cada vez más angustiada por saber qué tenía el pequeño. Después de tres o cuatro paseos, me dijo seria: dile a tu padre que se ponga de una maldita vez, que es él quien me tiene que explicar lo que tiene tu hermano.

Otra vez dejé el teléfono apoyado en la mesita y volví a su habitación. La amiga hermana dijo, pero no vayas otra vez, no vayas, que ya te ha dicho que no se va a poner. Sabía que si yo le enfadaba el castigo sería para las dos.

Fui de nuevo. Se lo dije. Se lo pedí por favor, papá, ponte por favor, ¿te puedes levantar y coger el teléfono, por favor? No se movió. Siguió recostado en su cama y no levantó la vista del libro que tenía en las manos. Cuando volví a coger el teléfono y dije de nuevo un par de palabras sin sentido, fue mi madre la que se echó a llorar. Le prometí que mi hermanito se pondría bueno, que la mancha se le iría, que yo se la iba a quitar, que le iba a cuidar, que la neumonía se pasaría.

Colgué. Volví a poner una sonrisa discreta y la cabeza ladeada para el hombre. Le tenía que compensar.

No pude quitarle la mancha del pulmón a mi hermano, pero sí cogerle de la mano mientras estaba acostado, sonarle los mocos, levantarme a estar con él si le subía la fiebre por la noche, consolarlo cuando mi padre le regañaba por no taparse la boca con la mano al toser o por haberse dejado una luz encendida o por no tirar de la cadena o por no ponerse el albornoz al salir de la cama o por tirarse un eructo sin querer.

## 16

Los veranos eran lo mejor y lo peor.

Lo peor, el mes de julio que tenía que pasar entero con el hombre. Al menos, yo también enfermaba cada año y eso me permitía pasar unos días tranquila y aburrida en mi habitación. Con siete años, bronquitis y gastroenteritis. Cuando mi hermano tuvo neumonía yo después cogí roseola, que era muy raro porque ya no tenía edad de roseola, y también otitis. A los diez, paperas y diarrea. A los once, amigdalitis aguda.

Había un montón de cosas que mi padre no me dejaba hacer para que no enfermara. Sobre todo, cosas que tenían que ver con coger frío. No podía ponerme donde hacía corriente, las ventanas estaban siempre cerradas. No podía andar descalza por casa, ni levantarme de la cama sin ponerme una bata, ni mojarme el pelo en la piscina. No podía nadar antes de la una del mediodía para que el agua estuviera ya templada, no podía tomar cosas frías –ningún helado, agua siempre del tiempo–. Verdura cocida o a la plancha, arroz, pescado blanco y pan de molde. Algún yogur a veces. Nada de embutido, nada de galletas, nada de tomates porque soltaban la tripa.

Siempre acababa haciendo algo que estaba mal. No todos los días. Algunos, conseguía acertar con todo: me ponía bien las zapatillas, con el talón metido hasta el fondo, sin chancletear; me quedaba bien la coleta, sin bultos ni pelos sueltos por detrás; le gustaba la ropa que me había puesto; comía con buenos modales, no se me caía nada al suelo; recogía deprisa. Esos días que él estaba contento conmigo, que lo hacía todo bien, que me quería y le gustaba, esos días eran sublimes.

Pero eran escasos. A veces se me escapaba un «de que» mal dicho. O me quedaba rezagada mirando un escaparate o no salía del coche lo suficientemente rápido o tardaba más de la cuenta en el cuarto de baño. O se me caía un vaso de agua. O tarareaba sin darme cuenta una canción que a él le parecía de poco gusto, inadecuada, la musiquilla de un anuncio. Entonces me sacaba tarjeta amarilla. Decía, eso no se hace, tarjeta amarilla. Y cogía del bolsillo de su camisa una hojita de papel donde estaban apuntadas las tarjetas, con la fecha y el motivo. Si la falta era muy grave sacaba tarjeta roja. Al final del verano por cada tarjeta amarilla me quitaba cien pesetas de la hucha, cada tarjeta roja eran quinientas. No era por el dinero que me daban miedo las tarjetas. Era por su mirada, por su desprecio, por su enfado, por su dejarme de hablar durante días.

En verano había algo que al hombre le gustaba mucho y que no hacía en otros momentos del año: sacarme fotos haciendo pis. Por las tardes mi padre, mi hermano y yo salíamos al mar en una chalana azul y roja. La amiga hermana se quedaba en casa trabajando en su tesis doctoral. Pasábamos varias horas fondeados, echando el sedal a ver si picaba algún rapante o alguna faneca. Nos hacía ir abrigados para que no nos enfriáramos con el aire del mar. Yo bebía mucha agua para sobrellevar el sol de plano y el ligero mareo que cogía cada tarde. Al final me entraban siempre ganas de hacer pis.

Iba a la popa, subía el chaleco salvavidas, me bajaba los pantalones y me acuclillaba sobre un bidón de plástico recortado que el hombre llevaba para achicar agua. Todos los músculos muy tensos para no perder el equilibrio. Mi padre sacaba entonces la cámara de fotos de un bolsillo interior de su chubasquero. Era negra y estrecha, casi como una armónica. Tenía una rueda llena de muescas para pasar el carrete después de cada foto. Disparaba tres o cuatro veces. Yo miraba hacia las puntas de mis botas, me daba vergüenza. Al oír el clic de la segunda o la tercera foto, me atrevía a levantar la mirada a ver si ya guardaba la cámara y entonces veía su sonrisa detrás del objetivo, su nariz y su ojo izquierdo guiñado. En algún lugar, en alguna estantería, en algún álbum, hay una serie de fotos mías con chaleco naranja y mirada de párpado haciendo pis con las piernas muy separadas para no salpicarme las botas.

Cuando volvíamos a puerto a la caída de la tarde solía levantarse brisa y la barca se movía un poco. Abrazaba fuerte a mi hermano para que no se me cayera al agua.

Al final del verano el hombre nos hacía un regalo a cada uno. Él no iba a comprarlo, le daba dinero a la amiga hermana para que se encargara. En una ocasión trajo un dinosaurio articulado para el niño. Rugía y le encantó. Para mí un estuche de dos pisos con rotuladores, ceras y lápices de colores. Para sí misma no compró nada, en nuestros dos caprichos se había gastado las cinco mil pesetas que le había dado mi padre. A la mañana siguiente la servilleta de la amiga hermana apareció inflada. Debajo estaba su premio por ser tan desprendida. Al sentarse a la mesa para desayunar dijo, ay pero esto qué es, pero bueno aquí qué hay. Sacó un paquete cuadrado envuelto en un papel brillante, de color verde oscuro. Dentro había un broche de pavos reales, cuajados de piedrecitas con colores relucientes. Un tesoro. Quería sostenerlo en el cuenco de mis manos, como a veces hacía con el gorrión de oro, pero no me atreví a pedírselo en ese momento. De dónde lo habría sacado mi padre si no se había separado de nosotros ni un momento. Me imaginaba en su armario una colección de aves tiesas y deslumbrantes.

## 17

Lo mejor era agosto en el pueblo feo y soleado con las hijas de Reme.

Desde el primer verano que pasamos juntos, Tomás era el intermediario entre un mes y otro. El tercer hombre más importante de España volaba gratis en la aerolínea pública y cruzaba la península para recogernos y llevarnos de vuelta con mi madre. Del terror a la playa.

Nos encontrábamos en el aeropuerto más cercano a la casa de veraneo de mi padre. Él nos despedía en el control de seguridad. El cuerpo se me aflojaba al ver a Tomás del otro lado del arco. Nos saludaba con la mano levantada y una sonrisa cálida. Me latía por dentro la excitación del alivio inminente. Al pasar el control Tomás me daba un abrazo profundo en el que soltaba todo mi peso muerto, me levantaba un poco del suelo y me acariciaba la cabeza. Ya del otro lado miraba atrás por última vez para despedir a mi padre y le decía a Tomás, bajito por si acaso, vámonos, vámonos.

Normalmente teníamos que esperar un par de horas a que saliera el avión de vuelta. Nos sentábamos en una cafetería y Tomás nos invitaba a un bocadillo. Podía comer con las manos, podían caérseme migas, podía masticar a dos carrillos sin miedo a tragar cristales. Él compraba el periódico, un cuento para mí y un cochecito para mi hermano. Leíamos uno al lado del otro, en silencio, nuestra respiración acompasada.

A veces otro pasajero reconocía a Tomás en la sala de espera. En aquel lugar solían ser de su mismo color político y le hacían un comentario amable. Yo me agarraba de su brazo orgullosa. Pero si no eran afines, si se escapaba un «chorizo» o un «rojo de mierda», entonces quería abofetearles con los puños cerrados y las manos prietas.

Cuando ya nos sentábamos en el avión, al despegar me salían muchísimas lágrimas. El tránsito entre el abismo y el cielo era tan súbito que me ocurría como al buzo que emerge demasiado rápido a la superficie y corre el riesgo de asfixiarse. Llorar me ayudaba a descomprimir. Tomás preguntaba qué me pasaba, pero yo no sabía lo que me pasaba. Así que decía, me duelen los oídos. Él llamaba a la azafata y le pedía algún chicle para que masticara y pudiera compensar el cambio de presión. A mi hermano no le dolían los oídos.

Cincuenta minutos más tarde aterrizábamos y me reencontraba con mi madre, con su melena rizada, su piel morena, sus pulseras tintineantes, su abrazo reparador. Su olor. El amor de mi vida. En cuanto llegábamos al pueblo Reme salía a la calle haciendo sonar sus chanclas, con una cazuela por delante, sujeta con las dos manos y los brazos muy extendidos. Nos había preparado un ajoblanco. Detrás venían sus hijas corriendo con las toallas alrededor del cuerpo, metiéndome prisa para que me pusiera el bañador y bajáramos a la playa, aunque ya casi se hubiera ido el sol. Decían, niña, estás blancucía, ¿qué pasa, que por allí por el norte no te ha dado un rayo de sol en todo el verano o qué?

Ya tarde, después del baño en el mar y de la ducha caliente, con el pelo todavía mojado, Tomás nos invitaba a cenar a su bar preferido del paseo marítimo para celebrar que estábamos de vuelta. Pedía de todo. Pedía conchas finas, bolos, cañaíllas, búsanos, cigalas, tomatito picao, gambas cocidas, espetos.

Al irme a acostar el olor a la mata de jazmín plantada en la terraza, la ventana abierta, las olas deshaciéndose suaves, el canto de algún grillo, los pasos de mi madre en el piso de abajo. Un mes entero por delante. Un mes para poder respirar profundo, estar en la corriente, subir con arena de la playa, meterme en el agua sin miedo a que se mojara el pelo de la nuca, poder reír, decir esto no me apetece, irme a la cama un día a una hora y al siguiente un poco antes o un poco después, pasar tiempo sola en mi cuarto sin necesidad de estar enferma. Vivir casi como si fuera mi vida.

La primera noche después de la vuelta solía dormir bien, pero a partir de la segunda empezaba a tener pesadillas. Me perseguían. Solo eso. Duraban alrededor de una semana. Esas noches mi madre venía a mi cuarto, sacaba la camanido y se quedaba hasta que recuperaba el sueño tranquilo.

Otra cosa que cambiaba poco a poco eran los resortes físicos que traía conmigo. Hasta el 8 o 9 de agosto me levantaba rapidísimo a cepillarme los dientes en cuanto terminaba de comer, me lavaba las manos concienzudamente antes de sentarme a la mesa sin que nadie me lo tuviera que recordar, retiraba mis platos y los fregaba, aunque el resto no hubiera terminado. Todos los años mi madre decía que volvía muy bien educada de las vacaciones con mi padre. Cuando se pasaba el efecto al cabo de unos días, cuando el miedo remitía y con él desaparecía la diligencia, mi madre decía que en su casa era mucho más maleducada:

El hombre es muy buen padre. No hay más que ver cómo vuelves de las vacaciones con él. Que no hay que decirte nada, lo haces todo tú solita.

Da gusto, lo bien educada que vuelves.

Sí, ya, ya. El hombre es un poco inflexible a veces. En ocasiones es severo, ya lo sé, ya lo sé. Pero es muy buen padre.

El hombre te quiere mucho. Te educa muy bien, no hay más que verte.

Tienes mucha suerte con el hombre.

En agosto le pedíamos a mi padre que llamara por la mañana. Así el resto del día podía estar tranquila, sin preocuparme de llegar a tiempo a la hora de su llamada. Solo tenía que ponerme el despertador, para asegurarme de que nunca me pillara durmiendo, de que no le cogiera el teléfono ninguna voz que no fuera la mía. Si acaso ocurría y otra persona descolgaba y decía: ¿diga?, él solo respondía: la niña.

## 18

Durante las vacaciones con mi madre tenía miedo a dos cosas: no despertarme a tiempo para coger el teléfono cuando llamaba el hombre y que me picara un pez araña. Hasta que llegué al pueblo nunca había oído hablar de ese animal alargado y compacto que se esconde en los fondos arenosos de las playas. Tiene la cabeza muy grande para soportar una aleta con siete espinas venenosas y, cuando se siente amenazado, la yergue y la clava en su víctima. Leí que es muy territorial y en las épocas de apareamiento se vuelve mucho más agresivo. El bicho desova entre junio y agosto, justo el periodo que yo pasaba en la playa. Y cuando pica a un humano el veneno se inocula muy rápidamente. Provoca dolor, inflamación, vómitos y convulsiones.

No sé qué vecina me habló del pez araña por primera vez, pero desde que supe que existía los primeros metros del agua pasaron a ser un campo minado de criaturas semienterradas, con los ojos muy juntos, acechantes, mirando hacia arriba cómo se les venía mi planta del pie, blanca y tierna, para hincarme sus siete espinas.

Solía acercarme al espigón temprano y preguntaba a los pescadores que ya estaban de regreso si habían visto algún pez araña esa mañana. Hacían turnos y variaban mucho, así que al menos conseguía que levantaran la vista de sus aperos para ver qué decía. Pero de mi angustia no se hacían cargo. Me despachaban con cualquier comentario o me mandaban a la pescadería si lo que quería era pescado. De ahí iba a mi madre, a Reme y a las mujeres que solían ponerse en nuestro mismo tramo de la playa. ¿Sabéis si hay algún pez araña hoy por aquí? Ellas qué iban a saber, si el agua estaba siempre muy turbia porque la arena la sacaban del río y no había manera de ver nada. Se reían, decían, chochillo, ya estás otra vez con eso, si lo único que da ese pescado es un caldo buenísimo. Mira, cortas unas papas, haces un majaíllo y sale para chuparse los dedos. Frito o adobado también está buenísimo.

Esperaba en la retaguardia. No me metía en el agua hasta que había visto trillar la orilla a diez personas. Las contaba una por una. Diez tenían que ser. Con la once entraba yo a rueda, muy pegada por detrás, tratando de encajar mi pisada en las huellas invisibles de la de delante, con los pies tan volcados hacia el canto exterior que casi me sostenía solo sobre los dedos meñiques. Lo más sacrificable, pensaba. Si hay que prescindir de uno, mejor que sea el dedo chiquito.

Mi madre quiso enseñarme a no temer a la oscuridad. En el campo donde conocí a Tomás, antes de que él apareciera, salíamos a la entrada del bosque cuando se había hecho de noche. Nos quedábamos de pie al lado de unos abetos enormes, sus preferidos. Me cogía en brazos, aunque ya fuera grandecita para eso. Me ofrecía la oscuridad y la noche vividas desde el arrullo, como un entorno mágico en el que los sentidos cambian, se ordenan de manera diferente para que puedas anticipar en las copas de los árboles el sonido del viento que a los pocos segundos notas en la cara y en el pelo. Yo disfrutaba mucho de aquellos ratos, pero no impidieron que tuviera pánico a los lugares oscuros. La oscuridad sería siempre para mí un caldo espeso del que emergen presencias agazapadas, amenazantes, punzantes: peces araña.

## 19

Las navidades también estaban partidas por la mitad. El intercambio se hacía el día uno de enero, antes de la comida de año nuevo, en una gasolinera a medio camino entre la ciudad donde vivía el hombre y el pueblo de la costa. Mi madre y Tomás ya habían pasado allí la primera parte de las navidades. Al llegar, mi padre paraba al comienzo de la estación de servicio, en el extremo opuesto del parking donde estaba el coche de mi madre aparcado. Me bajaba, cogía mi maleta y la de mi hermano, me despedía del hombre y empezaba a acortar la distancia que nos separaba de ella. Descampado, olor a gasoil, ruido de camiones, viento frío.

La veía de pie junto a su coche. Tomás se quedaba dentro, en el asiento del conductor. Me moría por salir corriendo y abrazarla, pero aguantaba para no dejar atrás a mi hermano y para que mi padre no pensara que no le quería, que no me gustaba estar con él, que en realidad lo que deseaba era que se estampase en la carretera de vuelta a la ciudad. Me contenía hasta que quedaban solo unos metros. En mi madre, una mirada sonriente y luminosa. Entonces, ya sí, me lanzaba sobre ella y la abrazaba.

Cuando estábamos con mi padre no nos duchábamos. En verano al menos nos bañábamos en la piscina, pero en navidades pasábamos la semana entera sin tocar el agua porque no había ni un resquicio libre en el día. Cada minuto estaba tomado por el hombre. Supongo que él se duchaba antes de que mi hermano y yo nos despertáramos. A partir de ese momento, todo estaba a merced de su gusto, de sus planes, de su organización. Así que no había ducha. Yo tampoco pedía un rato para ducharme. Cuando el día uno de enero nos metíamos en el coche con mi madre y Tomás, inmediatamente se extendía un olor muy fuerte.

Los regalos de navidad en casa de mi padre eran una cartera de piel, más joyas, un CD de música clásica, una donación a Cáritas en mi nombre, una colección de libros antiguos de arte, una caja hecha con madera de caoba y dentro una moneda de oro con la efigie grabada de Fernando VII. En casa de mi madre los Reyes me traían una caja de música, una comba multicolor, varios libros de la colección de *El Club de las Canguro*, una bicicleta y un juego para hacer pompas de jabón.

## 20

Mi madre decía que el hombre tenía mucho dinero. Cuando él exigía la factura de mi dentista y el tique de la farmacia y el recibo del libro nuevo de mi hermano, cuando me decía que se lo llevara todo en la maleta del siguiente fin de semana porque si no veía las facturas él no pensaba poner ni un duro, mi madre murmuraba:

Con el dineral que tiene, parece mentira.

A mi madre a menudo se le perdían los tiques y los resguardos.

Yo no veía que mi padre tuviera ningún dineral. Su piso céntrico era amplio, pero a la vez era muy oscuro. En el salón había un sofá de piel de cuatro plazas, pero la piel no se veía nunca porque estaba cubierta por una sábana para que no se rayase, para que no se ensuciase, para que no se rozase. La sábana llevaba tanto tiempo allí colocada que se había puesto ocre y apestaba a rancio, sobre todo la parte del respaldo donde mi padre apoyaba la cabeza. Los trapos de la cocina estaban apelmazados. Olían a húmedo. El hule de la mesa de comer tenía agujeritos y las flores se habían despintado casi todas. Cuando la amiga chacha pasaba unos días en el piso, las bayetas volvían a estar limpias y aireadas, pero duraban poco.

Es verdad que nos llevaba a comer a sitios elegantes, pero nunca pedía vino, ni marisco, ni jamón, ni entrecot, ni postre. Algo de verdura y un pescado blanco, siempre lo mismo.

Los domingos cuando pasaban el cestillo para la limosna en misa, él echaba billetes cuando el resto solo sacaban monedillas. Pero nunca dejaba propina a los camareros y en su casa de veraneo usábamos toallas roídas para bajar a la piscina porque no quería comprar juegos nuevos.

Tampoco llevaba a arreglar el asiento de ratán de mi silla que se había roto hacía tiempo. Yo no me quejaba, que no se enfade papá. Me sentaba a horcajadas para que el peso recayera sobre el borde exterior de la silla.

Solo había una cosa en la que mi madre era más estricta que mi padre. En misa, sentada en el banco cuando llegaba la parte de la homilía, el hombre me dejaba que apoyara la cabeza en su brazo. Mi madre no. Si me inclinaba hacia ella, daba un respingo y me decía que me sentara derecha, que pusiera la espalda recta y las rodillas bien juntas.

Los domingos que estaba con mi padre, al acabar la misa tenía que resumir la primera lectura, la segunda lectura y el evangelio. Estaba muy atenta porque si me ponía a pensar en otras cosas no me salían bien los resúmenes. Me concentraba tanto que para cuando llegaba la homilía estaba cansada y me dolía la cabeza. Quizá por eso el hombre me dejaba apoyarme en su hombro unos minutos.

Lo más difícil era recordar las cartas de San Pablo de la segunda lectura. San Pablo no cuenta nunca nada, no ocurre nada en sus cartas. San Pablo solo piensa. Apenas lograba memorizar un par de sus frases, rebuscadas y larguísimas. Cuando las atrapaba me las repetía en silencio una y otra vez hasta que terminaba la misa. Si al salir de la iglesia me había quedado en blanco, camino del coche me acercaba a la amiga hermana y le preguntaba bajito, ¿cómo era lo de San Pablo? Ella me ayudaba con alguna palabra como «efesios» o «unión de todas las cosas en Cristo».

## 21

Lo de esta niña no es normal. ¿Tú has visto a alguna criatura que llore así cada vez que tiene que separarse de su madre?

Su hermano no llora, es que ni una vez ha llorado, a pesar de que es más pequeño.

Pero ¿ella? Con ella no hay manera. Llevamos así más de cinco años y nada.

No sé qué puedo hacer con lo enmadrada que está.

Detectaba el fastidio de mi madre en conversaciones pilladas a medias cuando se acercaba un fin de semana que nos tocaba ir con el hombre. A eso achacaba todo: si me caía de la bici y lloraba es que estaba muy enmadrada; si me daba miedo meterme en el agua por el pez araña es que tenía un enmadramiento que para qué las prisas.

No sabía explicar qué me pasaba, por qué mi hermano no lloraba, por qué cuando mis amigas de clase me invitaban a dormir a su casa no me entraban ganas de llorar. No podía contar que cuando iba con el colegio una semana a la granja escuela tampoco lloraba, que cuando me quedaba a dormir en casa de Reme no sentía angustia, no echaba de menos a mi madre, no me salían lágrimas.

Por qué para algunas cosas iba creciendo y, en cambio, cada vez que iba con mi padre, cada vez que tenía que preparar la maleta del fin de semana seguía teniendo cuatro años, cinco años. Por qué mi hermano no lloraba, pero yo en cambio era ñoña, caprichosa y malcriada y no quería estar con el hombre culto y bueno. Severo pero bueno. Que me educaba tan bien. Que me quería tanto.

Padre no hay más que uno.

Nadie te va a querer como te quiere tu padre.

Cuando se acercaba mi cumpleaños pensaba, ahora que cumplo once ya no voy a llorar cuando vaya con papá. Con once años ya no puedo estar llorando cada dos por tres.

## 22

Como era la que leía más de corrido, la que escribía con mejor letra de toda la clase, la que mejor hacía las cuentas, cuando tenía once años me dieron un premio en el colegio. El trofeo era una Virgen de plata sobre una peana oscura que llevaba una plaquita con mi nombre en caligrafía gótica. En mi curso había tres clases y se daba un premio por clase, así que, en el acto de entrega, ante padres, madres, compañeros y profesores, subieron otros dos niños conmigo al escenario. Cada uno a recoger su premio y a recitar una poesía. La mía decía: «No se persigue la gloria con un rezo y otro rezo, de rutina y de memoria, entre bostezo y bostezo. Rezando de esa manera no se le dice a Dios nada, que no se enciende una hoguera con leña verde y mojada».

De niño mi padre había ganado concursos de poesía. En varias ocasiones me había enseñado sus fotos declamando en pantalón corto, el torso un poco inclinado hacia adelante, un brazo extendido.

El hombre dedicó un sábado entero a enseñarme la poesía que me había correspondido para el acto de entrega del premio. Mi hermano mientras tanto coloreaba en un cuaderno y veía una película de dibujos. Me costó mucho acertar con la entonación que le gustaba, los gestos de los brazos. Se me olvidaba siempre mirar hacia abajo cuando llegaba la parte de la leña verde y mojada. Él se desesperaba porque la hoguera no podía estar flotando, ahí en medio, hacia donde yo miraba, las hogueras se hacen en el suelo, en el suelo es donde está la leña, parecía mentira que no me enterara.

Unos días más tarde mientras declamaba desde el estrado, solo le miraba a él en primera fila. La posición de su cabeza, el gesto de sus labios, la tensión de su mandíbula, su mirada. Le observaba todo el rato salvo cuando llegó lo de la leña verde y mojada, que recordé volver la vista al suelo y señalar con la mano hacia abajo.

Ojalá le haya gustado.

Ojalá piense que lo he hecho bien.

Ojalá le guste.

Ojalá me quiera.

Cuando bajé del escenario fue a él a quien me dirigí primero. Me dio un abrazo y me dijo al oído, enhorabuena, hija. Me derretí de gozo.

## 23

En el coche de mi padre se oían casetes diferentes a los que tenía mi madre:

Bach. Se ponía a dirigir como si por delante no tuviera la carretera sino una orquesta sinfónica. Movía la cabeza en unos gestos brusquísimos, cerraba los ojos, se le revolvía todo el pelo, los dedos muy agarrotados. Me parecía que nos podíamos estrellar en cualquier momento.

Había que guardar silencio para no interrumpirle.

En el coche de mi madre:

Mocedades. «Tómame o déjame pero no me pidas que te crea más. Cuando llegas tarde a casa no tienes por qué inventar, pues tu ropa huele a leña de otro hogar».

Cantábamos las dos juntas, nos sabíamos todas las canciones de memoria.

En el de mi padre nunca se bajaban las ventanillas:

Una cinta con pasajes de la Biblia para niños.

El antiguo testamento me daba miedo, sobre todo la historia de los siete hermanos macabeos y su mamá que eran torturados por Antíoco. Los hermanos no renegaban de su fe y el rey, lleno de rabia, les iba cortando la lengua uno a uno. Les arrancaba también toda la piel de la cabeza y les cortaba las manos y los pies en presencia de su madre, que les animaba diciendo: «yo no sé cómo Dios me concedió el honor de ser vuestra madre». O quizá era «qué honrada me siento porque entregáis vuestro espíritu al Creador por defender sus leyes».

Cada vez que mi padre ponía esas cintas de la Biblia me encogía pensando que iba a llegar la historia de los macabeos. Pero no decía nada, que no se enfade papá.

En el coche de mi madre:

Rocío Jurado. «Él me dijo que era libre, como el mismo aire que era libre y yo lo creí. Ahora es tarde, señora, ahora nadie puede apartarlo de mí».

Alegrías y fandangos de Huelva. Mi madre bailaba con un solo brazo que soltaba del volante. Yo con los dos, moviendo las muñecas. Me enseñaba con su mano suelta cómo volver la mía hacia un lado y hacia el otro.

En el coche de mi padre:

Episodios de la historia de España que el hombre grababa en una cinta leyendo de un libro titulado *Sucedió en Palacio.* Trataba de los Austrias, los Borbones, sus validos, sus palacios, sus guardias de corps. Me encantaba cómo pronunciaba guardias de corps.

En el coche de mi padre nunca se hablaba. Lo único que tenía que hacer era ir sentada atrás en silencio. Era fácil no equivocarse. Me hubiera pasado todo el tiempo allí: comer en el coche, dormir en el coche, ojalá todo en el coche. Salvo cuando ponía la historia de los macabeos o cuando le daba por hacerme preguntas para comprobar si había prestado atención a la historia, por ejemplo, ¿cómo se llamaba la mujer de Carlos III?, o ¿dónde están enterrados Fernando VI y Bárbara de Braganza?

Cuando estaba la amiga chacha, en el coche de mi padre se oía:

Jotas segovianas del Nuevo Mester de Juglaría. «Arrímate a mí, niña, que soy San Roque. Que si viene la peste que no te toque».

Boleros de Jorge Sepúlveda. «Yo no sé si este amor es pecado que tiene castigo, si es faltar a las leyes honradas del hombre y de Dios».

Tampoco se cantaba ni se hablaba.

Con mi madre y Tomás:

Cat Stevens. «Wa, wa, wench, wa, wi, cheinch».

Beatles. «Camon, camon, yea».

Luis Eduardo Aute, Serrat, Manzanita.

## 24

Cumplí doce años y seguía llorando un fin de semana de cada dos. Invariablemente. Empecé a llevar top-sujetador, a depilarme las axilas en secreto y seguía llorando un fin de semana sí y uno no. Sin excepción.

Al mes de mi doce cumpleaños fui a Francia de intercambio a casa de un matrimonio que tenía una hija de mi edad. No lloré al despedirme de mi madre. Recuerdo que lo intenté. Por mínima coherencia, por dar un contexto a mis rabietas quincenales, pero no lloré. No salió nada.

Unas semanas antes, al poco de despertarme por la mañana me di cuenta de que tenía algo raro en las bragas. Fui a buscar a mi madre mirando al suelo. Rezamos un padrenuestro y un ave maría, ella de pie y yo sentada en la taza del váter. A continuación, me metió en la ducha. Dejé toda la bañera color agua de limpiar pinceles, en lugar de color cereza brillante como esperaba.

Fue un alivio. Me angustiaba que aquello ocurriera durante un fin de semana con el hombre. Mientras me lavaba le pedí a mi madre que no se lo dijera a nadie. Lo peor de que me hubiera venido la regla era la mirada de los otros, las frases sobre hacerse mujer. No quería contárselo a ninguna amiga, no quería hablarlo con nadie. Quería meterme en la cama, echar la persiana, cerrar la puerta, taparme bajo todas las mantas, regañar a los peluches que aún rondaban por mi cama, descoyuntarle un brazo al osito violeta. Le pedí de manera específica que no se lo dijera a Tomás. Pensé que era el único hombre a quien ella podía contárselo.

Se lo dijo. Un par de horas después de la ducha me quejé porque me dolía la parte de abajo de la espalda. Él contestó, claro, es normal, no te preocupes. Supe que sabía. Él sabía que era normal, yo todavía no. Traicionada, me fui derecha al cuarto de mi madre.

¿Yo? ¡Pero si no he dicho nada!

Anda, anda…

Comprendí que ella también mentía.

Mi padre se enteró poco después, cuando yo ya estaba en Francia. Llamaba tres veces por semana a casa de la familia que me acogía. Un día puso voz melosa por el teléfono para decirme que estaba triste porque yo no tenía confianza en él, había cosas importantes que no le contaba.

No, qué va, papá, yo te lo cuento todo…

Mirada de párpado, cable del teléfono cada vez más tenso, hecho un gurruño entre mis dedos, el meñique completamente morado. Añadió algo que incluía las palabras: un momento muy importante en la vida de una señorita, cuando se hace mujer. Me ardían las mejillas y la garganta, me ardían las orejas.

No comprendía cómo se había enterado si mi madre y él nunca hablaban. Después de un tiempo supe que había sido a través de mi abuela paterna. Mi madre la llamó y se lo dijo. No entendía por qué esa molestia, por qué le parecía tan importante que él lo supiera.

Al cabo de un par de meses llegó a casa la adolescente francesa con la que me había tocado el intercambio. Era alta, pelirroja, tenía la cara llena de pecas y una nariz preciosa. Se trataba de estar juntas todo el tiempo: juntas al colegio, juntas de vuelta a casa, juntas todas las tardes, salvo el rato de meterme en el cuartito para dar la lección. Leer la lección, sacar un diez. Cuatro semanas completas con sus cuatro fines de semana de los que tocaban dos con mamá y dos con papá. El primero con papá.

La chica francesa llegó un viernes por la mañana, después de doce horas de viaje en autobús. El hombre vino a buscarnos esa misma tarde. Mi hermano, ella y yo nos sentamos en la parte de atrás de su coche con las mochilas de fin de semana. Cuando arrancó, el hombre dijo que íbamos a la provincia de Burgos, a un pueblo diminuto con un convento de monjas que admitía visitantes. Llegamos ya de noche. Mi hermano se había dormido en el coche, su cabeza apoyada en mi hombro. En el dintel de la entrada estaba escrita una regla benedictina: «A los huéspedes que llegan al monasterio se les recibirá como al mismo Cristo en persona, ya que él dijo: fui huésped y me recibisteis».

Salió sor Teresa a la puerta con una linterna en la mano. Nos acompañó a la hospedería y nos enseñó nuestra celda, con dos camitas una al lado de la otra. Antes de que la monja saliera, la francesa se puso a llorar. Se sentó en la cama y escondió la cara entre sus manos. Me dio rabia, me pareció que era una blanda y una desconsiderada con la monja que estaba siendo tan amable con nosotras. Como no levantaba la cabeza, ni dejaba de llorar, ni se quitaba las manos de la cara, me tocó a mí apuntar en un cuaderno las normas del convento que iba dictando sor Teresa:

06:00h. Maitines

09:30h. Desayuno

12:00h. Ángelus

14:00h. Comida

18:00h. Vísperas

20:30h. Cena

21:30h. Completas

La puerta del monasterio se cierra después del rezo de Completas.

Mi padre dormía con mi hermano en otra celda al fondo del pasillo. Casi no se oían sus ronquidos.

Quince días después, cuando nos tocaba de nuevo repetir con el hombre, Aurelie dijo que ella no venía. Niñata, gabacha consentida, mimada, blandengue. Eligió quedarse en casa con mi madre y Tomás. La llevaron al cine el sábado por la tarde y después a cenar una hamburguesa.

Pobrecita, ¿no quieres irte este fin de semana?

No pasa nada, no llores, Aurelie.

Puedes quedarte aquí, claro que sí. Aunque a lo mejor te aburres un poco sin tu amiga, pero te sacamos Tomás y yo de paseo.

No te preocupes. Vamos de tiendas o al cine y te llevamos a cenar a algún sitio que te guste.

## 25

Tomás llegaba muy tarde a casa durante aquella temporada. Otro señor de su partido le disputaba el puesto de tercer hombre más importante de España y apenas le veía. Ya dormía cuando él volvía por la noche y se había marchado con un café bebido cuando me levantaba por la mañana. De camino al colegio mi madre me contaba que algunos compañeros le habían traicionado. Tomás comía poco y dormía poco.

Un día hubo una votación. Los del partido tenían que elegir si querían a Tomás o al otro. Esa mañana me levanté más temprano para desearle suerte. A mi madre se la notaba nerviosa. Repetía todo el rato, llámame en cuanto puedas, tú llámame, llámame. Él sonreía mientras cerraba la puerta del ascensor. No se supo el resultado hasta el día siguiente. En cuanto me levanté fui corriendo a la cocina y le pregunté a mi madre: ¿ha ganado?

Ganó el otro. La mañana de la derrota no vi a Tomás porque él seguía en la cama cuando salí hacia el colegio. En el camino mi madre me explicó que al principio de la votación iba por delante. Pero entonces un amigo del malo se levantó y empezó a decir cosas que yo no comprendía, pero sonaban a amenaza. Los que faltaban por votar ya no se atrevieron a apoyar a Tomás y perdió. Años después mi madre vio al amigo del malo por la calle, el que dijo las amenazas. Me lo señaló. Tenía la cara llena de marcas de viruela.

Como había perdido y ya no era el tercer hombre de España, empecé a desayunar con Tomás todos los días. Los dos solos, porque mi hermano se levantaba más tarde. Él tomaba un café americano y requesón con azúcar. Yo, cereales con leche. Oíamos la radio en la cocina. Mi madre mientras tanto se pintaba las pestañas en el baño del fondo del pasillo. También tenía la radio puesta y a veces, si dejaba la puerta abierta, se acoplaban las noticias. Eso me encantaba.

Unos meses después el partido le propuso a Tomás que se presentara como candidato a alcalde de la ciudad que estaba a diez kilómetros del pueblo feo y soleado. Él aceptó y la casa del mes de agosto se convirtió en nuestro hogar los años de mi adolescencia.

Mi madre aprovechó para darme la noticia del traslado la última noche que la chica francesa estaba en casa. De despedida fuimos a cenar a la hamburguesería que me había perdido el fin de semana anterior. Allí me lo dijo. Tomás no estaba, había viajado para ir preparando la campaña. Aunque me costaba pensar en el cambio de colegio me puse contenta porque adoraba aquel lugar de playa. Pero, sobre todo, lo primero que pensé es que mi padre iba a estar a cientos de kilómetros. Él en la capital, yo en el mar. Asumí que le vería menos. Lloraría menos porque le vería menos.

Me equivocaba. Mediaran los kilómetros que mediaran seguí viéndolo un fin de semana de cada dos, enmadrada cada quince días, compartiendo dormitorio con el hombre sapo. A veces oía conversaciones sobre padres que no se hacían cargo, que no pagaban la pensión alimenticia, padres ausentes, padres que habían formado otra familia o estaban lejos. Pensaba, qué mala suerte, yo ni yéndome lejos. Ojalá el abandono. Si no se muere, por lo menos que me olvide, que le dé pereza la distancia.

# PARTE II
# ES LO MISMO AYER QUE MAÑANA

## 26

Cuando nos fuimos a vivir a la playa desapareció el dar la lección por teléfono cada día. A medida que avanzaba de curso, la presión de deberes y exámenes del colegio era mayor, así que, en vez de memorizar, por las tardes le hacía al hombre un recuento detallado del tiempo que dedicaba a cada tarea.

He terminado de comer a las tres y media, le decía por teléfono. Luego he descansado un rato hasta las cuatro. De cuatro a cinco he hecho deberes de matemáticas, fracciones y logaritmos. Hacía una pausa para que él anotara en un dietario de cuero, en la columna debajo del día diecisiete de mayo, en la franja de 16:00 a 17:00 horas: «Matemáticas: fracciones y logaritmos». Escribía con una letruja retorcida y minúscula.

Cuando terminaba de anotar me decía: sigue.

Y yo seguía: de cinco a seis he hecho deberes de lengua, análisis sintáctico y un ejercicio de análisis morfológico.

De nuevo pausa. Letrujas retorcidas. De nuevo: sigue.

A las seis he merendado un plátano y un yogur. Entonces él preguntaba, ¿hasta qué hora?, para saber cómo de larga era la línea oblicua que iba a trazar en el rato de la merienda. Era mentira, yo no merendaba nunca, pero eso me ahorraba un rato de deberes que justificar.

Sigue.

De seis y media a ocho he estudiado para un control de historia. ¿Sobre qué tema? La conquista de América.

Cada fin de semana que nos tocaba ir con él tenía que llevar fotocopias de todos los ejercicios y páginas estudiadas. No valía con que llevara directamente mis cuadernos. Él quería una copia que pudiera quedarse, un ejemplar para él, para su archivo, para volver más tarde y comprobar la evolución de mi rendimiento con el paso de los años. La mañana del domingo se dedicaba, primero a misa, y segundo a comparar sus notas del dietario con mis tareas.

Si le parecía que no me había cundido lo suficiente, que las fotocopias que llevaba de logaritmos y fracciones no justificaban la hora de trabajo que él había apuntado diez días atrás, decía que era una niñata. Una niñata que no se esforzaba, que no cumplía con su deber y mi deber era estudiar. Eso era lo último que decía el resto del domingo.

Empecé a fotocopiar también la parte de los ejercicios que hacía en clase, para tener siempre de sobra, para no estar nunca en falta. Una amiga del colegio iba por las tardes a una academia de refuerzo de matemáticas y hacía muchos ejercicios tipo test. Los fotocopiaba también y se los llevaba como si fueran míos. No podía notar que había cambio de letra, solo una equis en la casilla correcta.

Cómo se ocupa de ti tu padre. Cada día pendiente de ti y de tus deberes.

Es que no falla ni una tarde, hija. Qué esfuerzo hace, qué sacrificio, qué dedicación.

Te das cuenta, ¿no? Hay que ver la suerte que tienes.

En los cinco años que viví en aquel pueblo de playa hasta que comencé la universidad, la copistería-papelería de la Plaza de la Cultura ingresó más de veintidós mil pesetas con mis fotocopias. En algún lugar, en alguna estantería, en algún archivador hay cuatro mil páginas de fotocopias de mis trabajos, en blanco y negro, con el margen izquierdo más oscuro por la espiral metálica de los cuadernos que siempre acababa saliendo.

## 27

Durante aquellos años, un fin de semana al mes mi hermano y yo viajábamos a la capital para ver al hombre y a veces también a la amiga hermana. Si estaba, ella comía y cenaba con nosotros, pero el resto del tiempo lo pasaba encerrada en el cuarto sin luz trabajando en su tesis doctoral.

El otro fin de semana que nos tocaba estar con el hombre –ahora te libras, ahora no te libras– se desplazaba él a vernos. Alquilaba un coche en la estación de tren, venía a buscarnos al pueblo y nos llevaba a un resort de un municipio turístico que estaba a treinta minutos de nuestra nueva casa. Seguía roncando como un sapo gigante.

La primera vez que vino a recogernos al pueblo, mi hermano y yo estábamos esperándolo desde hacía más de un cuarto de hora con la maleta en la calle. Así me había dicho que lo hiciéramos. Cuando le vi doblar la esquina de la casa de la Rubia, me puse en pie como si me hubieran espoleado con una fusta. Le dije a mi hermano que se levantara y comencé a arrastrar las maletas. Noté que el visillo de la ventana de Reme se movía. Volví la vista, pero no distinguí a nadie en la ventana. Saludé a mi padre y seguimos caminando hacia donde estaba aparcado el coche de alquiler.

Iba nerviosa, quería que le gustara el lugar donde vivíamos, que no dijera nada malo, que no lo destrozara con su mirada lacerante y su desprecio. A los pocos metros, nos dimos de bruces con Reme. Nos saludó a mi hermano y a mí como si llevara diez años sin vernos, como si nuestro encuentro fuera extraordinario. Como si su tono de voz habitual no fuera suficiente e hiciera falta algo más agudo, más estridente.

Entendí que no era casual, que quería ver al hombre, quería conocerle. Tenía miedo de que aquel encuentro enfadara a mi padre, que se pusiera de mal humor desde el principio cuando nos quedaba todo el fin de semana por delante. A él no le gustaba estar con gente, ni encontrarse con gente, ni conocer a gente. Solo nosotros dos y la amiga chacha, nadie más. Sin embargo, reaccionó de manera cortés: le tendió la mano y cuando nuestra vecina correspondió con la suya, mi padre hizo un gesto de inclinar la cabeza para acercar la mano de Reme a sus labios. Como si Reme fuera Lady Di. Ella se puso roja y solo dijo, que Dios le bendiga. Reme. Que no había pisado una iglesia en su vida y que varias veces al día se cagaba en dios y la madre que parió a cristo y la puta paloma del espíritu santo de los cojones.

Cuando nos quedábamos en el hotel, mi padre traía dos maletas, una con ropa y otra solo con mantas. No podía dormir si no sentía peso y calor encima. Las mantas del hotel nunca eran lo suficientemente gruesas ni abundantes, por eso se las traía de casa. Cada mañana su cama aparecía tan empapada en sudor que las camareras de piso tenían que cambiar hasta el colchón. Cuando subíamos del buffet después de desayunar solíamos verlas tirando a cuatro brazos para sacar el colchón mojado y meter uno seco en la habitación.

El espacio de convivencia en esos fines de semana era muy reducido. Quería ser tan pulcra, tan etérea que no iba al baño hasta que volvía a casa de mi madre y Tomás. No quería que el hombre tuviera que sufrir malos olores. Por eso, aunque fuera más cansado, prefería el fin de semana que nos tocaba viajar a la capital. Porque no tenía estreñimiento.

El piso céntrico tenía dos baños, uno para él y el otro para mí, mi hermano y la amiga hermana cuando estaba.

## 28

Tomás perdió las elecciones a alcalde. Veinte mil votos menos que el candidato que quedó segundo. Sesenta y seis mil votos menos que la primera.

Si aquello había sido difícil para él, yo no lo notaba. Fumaba, hacía crucigramas, veía películas, trabajaba de ocho a tres, jugaba al dominó con sus amigos del pueblo, hacía paellas y ensaladas de rape los fines de semana, se tomaba un par de chupitos de whisky por la noche. Mi madre le regañaba por el whisky y el tabaco. A veces con crueldad. Sobre todo, si había otra gente y él bebía un poco de más y estaba muy contento, muy risueño, muy bromista. Entonces mi madre le decía con un gesto serio y negando con la cabeza, de verdad, Tomás, qué vergüenza, qué vergüenza. Él lo dejaba estar.

El colegio en el que me habían matriculado no estaba en el pueblo. Como Tomás tenía que ir cada mañana al ayuntamiento, hacíamos el trayecto los dos juntos muy temprano. Al salir de casa, nos quedábamos quietos al lado del coche, olíamos el mar, sentíamos la humedad del amanecer, las olas en la orilla a escasos metros. Dependiendo de la época del año aún alcanzábamos a ver algunas estrellas en el cielo o, si los días ya eran más largos, veíamos salir el sol directamente de la línea de agua en el horizonte. Entonces la luz era preciosa.

En el coche íbamos escuchando las noticias por la radio. Cuando daban la información local a veces se comentaba algo que él había hablado en casa. Le miraba de reojo. Tenía el rostro sereno, las manos relajadas en el volante. Satisfecho. Me dejaba en la puerta del colegio y continuaba calle abajo hacia el ayuntamiento. Antes de abrir la puerta del coche, me inclinaba desde el asiento del copiloto hacia él. Yo ya era mayor como para ir sentada delante. Le daba un beso. Él me despedía siempre diciendo, buen día, mi niña.

No me costaba madrugar. Al revés, que amaneciera era un alivio. Durante esos años que viví en el pueblo de costa me daba tanto miedo que estuviera oscuro que dormía con la luz permanentemente encendida. No una tenue y cálida, de mesilla de noche, sino la luz de la lámpara principal, la más brillante que tenía a mano. Al mismo tiempo me obsesionaba no dormir lo suficiente, que eso afectara a mi rendimiento en el colegio, que bajaran mis notas. Lo peor era el insomnio, lo peor era no poderme dormir, dar vueltas en la cama, pasar la noche en vela, ocho horas en las que afuera estaba todo negro. Para evitarlo me hacía la primera infusión de tila a las cinco de la tarde. Que fuera haciéndome efecto. Entre ese momento y la hora de dormir tomaba otras tres o cuatro tilas. Cenaba sola a las ocho en punto, justo cuando colgaba con el hombre y terminaba de recitarle mis trabajos del día. A las nueve, cuando empezaban a cenar Tomás, mi madre y mi hermano, yo llevaba un buen rato metida en la cama. Me acostaba muy temprano y así, aunque tardara en coger el sueño, aún podría descansar lo suficiente para rendir en el colegio.

Al ir a acostarse, mi hermano tenía mucho cuidado con no despertarme. Su cuarto estaba pegado al mío. Otra cosa que hacía por mí era prestarme dinero de su hucha si yo me había gastado los ahorros y quería comprarme una falda o un top. Luego no me lo reclamaba y nunca se lo devolvía. Además, se venía a dormir conmigo algunas noches que yo tenía pesadillas. Las muy malas me dejaban inmóvil en la cama y ni siquiera podía ir a buscarle. Pero si eran solo regulares, si era capaz de levantarme e ir a su cuarto, mi hermano no protestaba porque yo le despertara. Agarraba su almohada, esperaba con los ojos entornados a que desplegara la cama-nido y se volvía a dormir a mi lado. Me calmaba oír su respiración tan cerca.

## 29

Los viernes que nos tocaba viajar para ir a ver a mi padre, al salir de casa por la mañana metía en el coche la maleta del fin de semana. El tren salía poco después de la hora a la que acababan las clases, así que tenía que ir directamente del colegio a la estación. En la parte más accesible de la maleta llevaba dos bolsas de plástico. En una, bocadillos para comer en el tren. En la otra, ropa y zapatos para cambiarme en el baño antes de llegar a destino. También llevaba un cepillo de pelo, algo de laca, un par de horquillas y una goma.

Al colegio iba con el pelo suelto. A mi padre no le gustaba que fuera con el pelo suelto. Le gustaban las coletas bien prietas, que no se escapara ningún mechón. Al colegio iba con pantalones ajustados y botas de suela ancha con algo de tacón. El hombre detestaba las dos cosas. Disfrazarme para gustarle, parecerle elegante, parecerle fina, que no me despreciara, que no le diera asco.

Ojalá le merezca.

Ojalá le guste.

Ojalá me quiera.

A mitad de camino me metía en el baño del tren. Mi hermano se quedaba en el asiento mientras yo me transformaba en la escultura con coleta. Le decía, no te vayas con nadie, no le digas nada a nadie, si necesitas algo da un grito, yo no tardo. De la bolsa de plástico sacaba unos pantalones de pinzas azul marino, unos mocasines y un jersey de ochos para ponerme encima del top que tampoco le gustaría. Con el cepillo, la goma y las horquillas me retiraba el pelo. Al final del trayecto ya era toda párpado. Nos recogía en la estación. Si estaba, la amiga chacha se quedaba esperándonos en casa.

Hacía dos listas para los fines de semana que nos tocaba estar con el hombre. La primera, con las cosas que tenía que hacer la tarde del jueves:

Revisarme las uñas de las manos.

Revisarme las uñas de los pies.

Revisar las uñas de mi hermano: manos y pies.

Lavarme el pelo.

Hacer las fotocopias de los trabajos y los deberes.

Si era final de trimestre y nos habían dado las notas, fotocopiar mi informe y el de mi hermano.

Revisar el botiquín que tenía que llevar en la maleta por si acaso: mercromina, aspirina, tiritas, esparadrapo, alguna venda, puntos de aproximación, suero.

Limpiar los mocasines.

Revisar los zapatos de mi hermano.

Planchar los pantalones de pinzas.

La segunda lista con lo que tenía que meter en la maleta la mañana del viernes:

Las fotocopias.

El botiquín.

Mis zapatillas de estar por casa.

Las zapatillas de estar por casa de mi hermano.

La bolsa con la ropa para el tren.

Las gomas para hacerme la coleta.

Las horquillas para sujetarme los mechones sueltos.

A veces compresas.

Si se me olvidaban las compresas, se las robaba a la amiga chacha. Ella tenía muy poco dinero, se notaba en que sus compresas eran de las más baratas. Unas gordísimas que se despegaban todo el rato y arañaban.

## 30

Tenía quince años el primer verano que me libré de pasar un mes entero con el hombre. Era veintinueve de junio, faltaba un día para que empezara su turno de vacaciones.

Esa tarde, mientras hablaba con él por teléfono, se oyó de repente un golpe fuerte. Algo metálico estampándose contra el suelo y un grito desgarrado de mi madre. Me quedé callada. Al cabo de unos segundos el hombre preguntó irritado, pero ¿qué pasa? ¿Qué es ese estruendo? De fondo se seguían oyendo alaridos, quejas, sollozos. Contesté, no sé, es mamá la que grita. No me separé del auricular hasta que él me dio permiso, me dijo, pues ve a ver qué pasa.

Al cabo de un minuto volví al teléfono. Le dije que mamá estaba en el suelo, que se había caído de la escalera, que no se podía levantar, que le dolía mucho una pierna, que la tenía muy retorcida, así como para fuera y que tenía que colgar para llamar a una ambulancia.

Pasaron diez minutos y llamé de nuevo para decirle que la ambulancia venía de camino. Me puse a llorar. Estaba mareada, sentía vértigos y náuseas.

Colgamos.

A los tres cuartos de hora volví a llamar. Le conté que estaba a punto de subirme en la ambulancia con mamá, que había dejado a mi hermanito con Reme y que íbamos al hospital. Lloraba mucho, estaba nerviosa, no podía hablar bien, solo repetía, parece que se le ha roto algo, se le ha roto algo. Llámame desde el hospital cuando sepas más, dijo. Sí, papá, yo te llamo, te llamo en cuanto pueda.

No había nadie más en casa para acompañar a mi madre en la ambulancia. Tomás se había marchado a Guatemala por trabajo un par de días antes. Fuimos las dos a dejarle en el aeropuerto y despedirle. Aquella tarde había hablado con mi padre desde la terminal de salidas. No le gustó nada esa llamada a mi padre, había ruidos de fondo, decía que estaba distraída.

La siguiente vez que llamé al hombre fue a las dos horas desde una cabina. Le dije que mi madre se había roto el fémur y el peroné. Le expliqué todos los detalles: la tienen que operar de urgencia, se la están llevando en este momento. Hay que ponerle unos clavos, me han dicho, y no va a poder moverse durante quince días después de la operación.

Como Tomás estaba tan lejos y no podía modificar su viaje, el hombre entendió que mi hermano y yo nos teníamos que quedar. Entre sollozos y temblores en la voz dije, papá, lo siento mucho, hay que cambiar los billetes, lo siento muchísimo. Contestó que él se encargaba, que iría a una agencia de viajes aquella misma tarde y los cambiaría para el 15 de julio. Sabía que el 1 de agosto él ya trabajaba, así que ese año me iba a ahorrar dos semanas de padre. Un veinte por ciento menos de padre en un año. Eso era muchísimo, era una barbaridad. Era maravilloso.

Casi todo lo que le dije por teléfono ese veintinueve de junio era mentira. Mi madre se había subido a una escalera de mano para lanzar desde lo alto un biombo que teníamos en el salón. Que sonara fuerte, que mi padre lo oyera. A continuación, se puso a dar aullidos de pie, al lado del biombo estampado contra el suelo. No vino la ambulancia, no fuimos al hospital. La cabina desde la que llamé era de un locutorio que estaba al final del pueblo, mi madre me llevó en coche. Tomás estaba haciendo crucigramas en la terraza. Habíamos ido al aeropuerto tres días antes para preparar la mentira, para que yo le llamara desde la terminal de salidas. Los detalles médicos de la fractura nos los había dado una amiga de mi madre que era internista. Estaban apuntados en el reverso de un expediente en su despacho.

Sin embargo, mi llanto, mi vértigo, mis náuseas, mi mareo eran reales: la magnitud de la mentira, la culpa, la posibilidad de un alivio inmenso.

Al final de la tarde mi padre llamó para decirnos que los billetes de avión ya estaban cambiados. Me dijo, descansa lo que puedas.

Gracias, papá, muchas gracias. Qué bueno eres, papá, cuánto siento no poder estar estos días contigo, papá. Tengo que quedarme a cuidar a mamá, pero tengo muchas ganas de que llegue el día quince y poder verte, te quiero mucho, papá.

Esa noche, en la cocina, mientras cenábamos:

El hombre es muy bueno. Además, es muy inteligente y muy culto. A ti te viene muy bien, hija. Pero es que es muy estricto.

El hombre te quiere mucho. Lo que pasa es que es rígido. Rígido. Demasiado rígido.

También es que tienes que entenderle. Ha sufrido mucho, su madre nunca ha sido cariñosa con él. Nunca. Tiene mucha falta de afecto, pobrecito. La verdad es que me da pena.

Si le dices que no quieres ir con él, montaría una tremenda. Ya lo sé, ya lo sé.

No iba a entender que no quisieras ir con él.

Yo sí lo entiendo. Yo te ayudo.

El hombre es muy culto. Y es muy bueno. Tienes mucha suerte con el hombre.

A mi hermano le vino todo dado. Era pequeño como un pajarito aprendiendo a volar. No participó en la mentira, la urdimos nosotras solas. Decía que lo pasaba mejor en la parte de las vacaciones que nos tocaba con mi madre y Tomás porque estar con el hombre era más aburrido. Que solo hacíamos lo que a él le gustaba y que regañaba mucho. Estaba contento de que nos quedáramos a costa de las semanas que pasábamos con mi padre. Pero parecía que él no tenía miedo, ni angustia, ni sintió tanto alivio.

Tomás también se mantuvo al margen. La tarde del biombo apenas le vimos. Al final del día dijo que se alegraba de que nos pudiéramos quedar. Había comprado un proyector y lo estrenamos esa noche viendo una película en la terraza.

## 31

Reme, cuéntame cómo conociste tú a Tomás. Anda, que yo te he contado muchas veces la historia de los tomates.

Ay niña, y yo qué sé. Digo, ponerse ahora a hacer preguntas, ¿pero no te das cuenta de que yo no tengo ni memoria ni nada? Que en esta mollera está todo hueco.

Y anda que no hace una pila de años de eso ya...

¿Que cuándo me enteré de que venía el Tomás aquí a la casa de al lado? Pues digo yo que me lo diría la Rubia que un día empieza, oye, Reme, que la casa de la Yeye que en paz descanse la ha comprado un político, uno que sale mucho en la tele.

Ya ves tú, la casa de la Yeye, que ni agua corriente tenía.

Y yo, pero ¿qué hablas, Rubia, qué chaladuras son esas?, ¿cómo va a venir aquí un político? ¡Tú estás borracha! Y ella insistiendo, que sí, que me lo ha dicho el Fali, el de la gestoría, que ha estado allí el político ese haciendo papeles.

Pues la Rubia tenía razón porque a los dos o tres días aparece el Tomás. Y muy serio, porque mi Tomás así de primeras era muy serio, se baja del coche y me dice antes de entrar en la casa de la Yeye, buenos días. Y yo, que estaba fregando el patio, pues le dije, buenos días. Pero me puse toda roja porque ¡claro que salía en la tele! En el programa de después de comer, que lo veía yo para trasponerme en el sofá. Total, que tenía razón la Rubia, y yo mira... nerviosísima. Solté la fregona y todo, me puse las zapatillas, que andaba descalza, me fui corriendo a casa de la comadre y le dije, vente para acá ahora mismo, que yo no quiero estar sola cuando salga. Y la comadre, que no, que tengo plancha. Y yo, que tú te vienes, ¡qué plancha ni qué plancha! Que te vienes ahora mismo. Mira, a rastras la traje a mi casa y allí nos sentamos las dos en el patio a esperar a que saliera.

Y tardó, ¡ay que si tardó! Me acuerdo porque yo me estaba meando viva, pero no me quería meter al váter, vaya a ser que saliera justo mientras estaba yo meando. Y la comadre me decía, hija, por favor ¿quieres ir a mear de una vez? Pues no fui. Y ya salió el Tomás y muy amable él –porque siempre fue muy educado– vino a explicarnos que iba a hacer una obra muy grande, que sentía mucho los *improvistos* y que nos dejaba su número de teléfono por si cualquier cosa.

La comadre muda. No dijo una palabra la tía, pero luego no veas qué cabreo se cogió. Que si toda la tarde conmigo esperando a que saliera, que si la plancha empantanada y que ni se la había presentado. Y yo le dije, pero comadre, ¿cómo te voy a presentar? ¿Pero tú te crees que yo puedo ir presentándole a la gente a este señor? ¡Que este es un político, comadre! ¡Un político, hija! Que está ocupado, que no ha venido aquí para conocerte a ti. Pero no te creas, que se tiró la cabrona de ella una semana sin hablarme ¿sabes? Qué jodida es la comadre, es que es para entenderla.

Luego ya volvió el Tomás cuando se acabó la obra. Qué bonita le quedó la casa, hija. Daba gusto de verla, es que no me importaba ni la polvareda que se organizaba cada tarde, que me ponía todo perdidito, porque es que era una gloria ver esa casa. Pues llega el Tomás en su coche, ese blanco que tenía que se le abría así un poquitillo el techo, ¿tú te acuerdas? Nosotros, en el patio estábamos. Y otra vez saluda muy educado, nos dice que va a quedarse a pasar el verano y que está a nuestra disposición. Eso dijo ¿sabes? Y nosotros, bienvenido, señor Tomás, un gusto tenerle por aquí.

Entonces empieza la comadre, ay, ese hombre está solo y acaba de llegar, no tendrá nada para comer. De viaje que viene, un viaje tan largo y sin cena, pobretico.

Y yo, bueno, comadre ¿y qué quieres que haga? Pues hija, llévale algo, me decía. Sí hombre, me voy a plantar ahí en la puerta con un cacho pan, ¿no te jode? Pero mi comadre con el runrún, que no callaba. Y mira, por no escucharla más cogí un tarro de gazpacho que tenía en la nevera y allá que me planté en la puerta. Se me iba a salir el corazón por la garganta, nena. Sí, dígame, me contestó. Muy correcto él. Y yo, mire, que le traigo esto para que tenga usted algo de cena esta noche.

Pues le gustó el gazpacho. Es que me sale muy fresco, muy rico. Y ya pues empezó a pasarse de vez en cuando, nos traía un día una botella de vino y nos la bebíamos con él. Ay, es que mi Tomás… qué natural, qué generoso, más buena gente…

Bueno, y cómo ligaba el tío. Mira, es que antes de que conociera a tu madre cada día venía con una. Y estaban buenas las tías, no te creas. Lo comentábamos aquí, ¡no veas cómo liga el Tomás! Cuando vino con tu madre –que a todo esto, ¿vosotros dónde estabais ese mes de julio, hija? Ah sí, claro, con tu padre–. Pues cuando vino con tu madre yo pensé, ay qué guapa esta, pero seguro que tres polvos y a por otra. Y a la mañana siguiente viene el Tomás y nos la presenta. Yo le dije a mi Juan, que me acuerdo perfectamente, el Tomás se ha enamorado. Es que se lo dije, fíjate tú. Porque yo le vi cómo la miraba, y me dije, esta sí, esta sí que le ha gustado de verdad. Y luego ya, pues aparecisteis tu hermano y tú. Que me reía yo porque decía, el Tomás que se había venido a este pueblo para no estar rodeado de pijos y se los ha traído puestos el tío, que habláis tan fino que es que no se os entiende, cojones.

¿Y bueno, el día de la boda, cuando se casaron Tomás y tu madre? La de vueltas que di para comprarme la tela del vestido. Mira, si no fui a veinte tiendas no fui a ninguna. Al final me la compré en el sitio ese de la calle Cinco Bolas, de un color celeste precioso. Me sube mucho a mí ese color, me queda muy bien a los ojos.

Niña, ¿te acuerdas de la panzada de llorar que te pegaste tú en la ceremonia cuando se cambiaron los anillos? Con jipíos y todo, qué llorera te metiste, te iba a dar algo, nena. Es que tú siempre has estado muy enmadrada. Y el abrazo que te dio luego Tomás, qué barbaridad. Ahí ya sí que rompimos todos a llorar, cómo os abrazasteis los dos, madre mía de mi vida. Le dejaste el cuello de la camisa empapado de lágrimas.

¡Hostia! ¿Pero que son las ocho? Mira ¡te voy a matar! Con la de cosas que tenía yo que hacer y me has liado aquí diciendo nada más que tonterías y la cocina sin recoger. Anda, ¡vete a tu casa ya, pesada! Sí, sí, qué gracias ni qué gracias, hay que ver que me has hecho perder toda la tarde, ¡venga, largo! Adiós, gasta cuidado, adiós.

## 32

El primer verano que me ahorré un veinte por ciento de padre.

Mientras veíamos una película en la terraza mi madre dijo que a ella no le gustaba Gregory Peck, ni Robert Redford, ni Richard Gere, ni Gary Cooper porque a ella nunca le habían gustado los guapos. Ya, ya se nota, contesté. Pensaba en mi padre solo mascando una pierna rota con clavos y me dolía la tripa. Ese primer verano que me ahorré padre quería llamarle feo a Tomás. Feo, calvo, ojos de huevo, requetefeo. Él feo, ella tonta por haberse escogido un feo.

Revolvía los DVD de la videoteca para que Tomás no encontrara por la noche la película que quería conectar al proyector de la terraza. Le escondía el tabaco. Si me pedía un vaso de agua o una cerveza, dejaba caer una baba dentro o metía el dedo sucio y removía un poco.

Cuando íbamos los dos juntos a hacer recados a menudo alguien nos tomaba por padre e hija: una dependienta, un camarero de un bar, el señor que cobraba en el parking de la plaza de la Luna. No, no es mi padre. Y él decía, ¿pero es que no ve usted lo guapa que es esta niña?, ¿cómo va a ser mi hija? Es mi hijastra.

A mí no me hacía gracia. Me entraban ganas de aclarar que mi padre era el elegante, el alto, el que dicen que es rico, el serio, el culto, el que sabe declamar poesía, el que se hace trajes caros en el sastre, el que no bebe vino ni whisky, ni fuma, ni ríe a carcajadas así con la boca abierta y moviéndosele la tripa. Mi padre no es como este que se conforma con cualquier cosa. Se conforma conmigo misma, con mi madre misma.

Mi padre es el que nos lleva al teatro a mí, a mi hermano, a la amiga chacha. El que después de ver la obra nos invita a cenar a un club de caballeros donde a las mujeres solo nos está permitido entrar al restaurante y siempre del brazo de un hombre socio, sorteando el pedestal de la entrada, que sustenta un pequeño busto con una placa. En la placa pone: «A D. Francisco Franco Bahamonde. Caudillo de España por la gracia de Dios».

Este no es mi padre, a este señor de cuello corto en ese club elegante no le dejaron entrar cuando era el tercer hombre más importante de España porque no llevaba corbata y porque era un rojo. Un rojo de ojos saltones, un rojo feo, un rojo sin cuello.

## 33

Ese verano el tiempo ganado al miedo lo pasaba sobre todo en la playa con mi madre y viendo películas con Tomás. Ya no salía con las hijas de Reme. Las diferencias entre nosotras –que eran de clase, de renta, de elegancia de padre, de estudios de la madre, de acento, de clase, de renta, de escuela pública o concertada, de extraescolares de inglés, de empezar a maquillarse demasiado pronto, de llevar ropa ajustada demasiado pronto, de clase, de renta–, esas diferencias que habían pasado desapercibidas cuando éramos pequeñas, nos enfriaron en la adolescencia. Rota la rutina y los encuentros del colegio, el verano era un reducto fundamentalmente adulto.

Un día mi madre propuso ir a montar en bicicleta por el paseo marítimo y era raro porque a mi madre se le daba mal. Nunca lo hacíamos. Avanzamos unos metros y cuando aún se veía la casa nos sentamos en unas rocas al lado del mar.

Los hombres son cazadores, empezó de pronto mi madre nada más sentarse, mirando al mar, al horizonte.

Su perfil recortado en muchos tonos de azul, su melena rizada moviéndose en todas direcciones.

Siguió:

Van a la carne. Cazan. Nunca se sacian.

Después caían como ascuas del cielo:

Hay que hacerse valer.

Mantener la dignidad.

No ser fácil.

No dejarse apretar.

No bailar lento.

Se lo pasan bien con unas, pero se casan con otras.

Con las que respetan.

Sin embargo...

El tontito del pueblo se llamaba Jose. Ese verano de mis quince años él tenía treinta y dos. Era muy delgado, llevaba gafas y el pelo peinado hacia atrás. Le encantaba ir a misa. Iba a todas las misas del día, la de ocho, la de once y las dos que había por la tarde. Cojeaba. Tenía los brazos muy delgados, dos colgajos. La mano izquierda la llevaba pegada al cuerpo como si sostuviera siempre un abrigo invisible. Se sabía todo el santoral de memoria.

Un día se nos acercó en la playa. Hacía mucho viento y el mar estaba bravo, apenas había gente. De pie en la orilla, yo miraba las olas y dudaba si meterme en el agua. Mi madre sentada en una silla plegable leía una revista detrás de mí cuando Jose se acercó. Preguntó mi nombre. Julia, di die dieci die dieci diecisiete, di, di diecisiete de diciembre, diecisiete de diciembre, Santa Julia di di diecisiete de dici diciembre. Se puso a aplaudir. Me cogió la mano, dejó sus babas en el dorso y me dijo que era muy guapa, muy gu gu gu a gua guapa.

A partir de ese día no quería encontrármelo porque se acercaba de manera extraña y me dejaba babas y se me quedaban las mejillas tiesas de tanto no querer herir sus sentimientos, de tanto no querer que se sintiera rechazado. Cuando le veía a lo lejos y me quería cambiar de calle mi madre decía:

Hija, cómo eres, con todas las dificultades que tiene en su vida este chico.

Pobrecito, ten un poco de solidaridad. ¿Tanto te cuesta ser amable?

Una noche, cenando en el bar del paseo marítimo, Jose apareció detrás de mí, al lado de nuestra mesa. Se puso a gritar dieci die dieci diecisiete, di, di diecisiete de diciembre, Santa Ju Ju Julia y me cogió del brazo más arriba que nunca. La mano del abrigo invisible se soltó de pronto para tocarme la nuca. Empecé a notar sus dedos sarmentosos avanzando hacia el lóbulo de mi oreja. Las mejillas las puse muy tiesas para no herir sus sentimientos, pero el asco, el asco tenía que verse en mi cara por algún lado. En los ojos, en la mueca, en la rigidez, en el susto. Jose no lo veía, estaba detrás de mí, los sentimientos de Jose estaban a salvo, pero a mi madre la tenía enfrente.

Ella preguntaba, cómo estás, Jose, has ido a la playa hoy, mañana va a haber muchas olas, que salta el poniente, así que a tener cuidado, Jose. El índice de Jose estaba ya dentro de mi oído mientras mi madre me miraba y sonreía.

Entonces, de pronto, Tomás se puso de pie. Su movimiento fue tan brusco y tan rápido que la silla de plástico se corrió hacia atrás con un crujido y cayó al suelo. Las otras mesas se volvieron a mirar.

Tomás dijo, ¡ya está bien! ¡Largo de aquí, largo! A Jose se le puso de pronto otra vez el abrigo pegado al pecho y siguió su paseo sin rechistar. Aflojé las mejillas. No le dije, gracias, Tomás. Pensé, gracias, Tomás y a continuación pensé, eres un feo. Entonces intervino mi madre:

Tomás, de verdad, pobre Jose.

Es que, pobre Jose, no estaba haciendo nada y cómo le has echado, no hay derecho.

Entonces...

Los hombres son cazadores.

Si además de hombres son tontitos o su madre no los quería. Si son muy cultos o muy mayores, entonces es distinto. Si es un tontito el que me aprieta. Si me da asco, me da repelús, si no me gusta es distinto. Pobre tontito.

Pobre también el señor Mora, compañero de mi primer trabajo a punto de jubilarse, que en la cena de navidad, en las copas de después, ya borracho me agarraba de la cintura por detrás. Pobre Mora, tan viejito. Qué gafotas llevaba, si casi ni se tenía en pie y aun así ponía la manita a ver si colaba. Cuando una compañera vino a quitarme de encima la zarpa del señor Mora pensé, anda, no exageres, que es mayor, es tontito, se traba porque ha bebido, no ves cómo dice, Julia, eres muy gu gu gu guapa.

De los que me gustaban, de los de mi edad, de los jóvenes, de los guapos, de los cazadores me defendí en todas las fiestas, en todos los botellones, en las casas de todos mis amigos. Solo restregarme. Restregarme yo sola. No me tocó ni uno que me gustara hasta que tuve veinte años. Y aun entonces ni siquiera sé si aquel chico me gustaba o es que el pobrecito no tenía madre.

No recuerdo nada. Yo que lo recuerdo todo –los nombres de los primos de mi madre, los de sus hijos, los cumpleaños de todas mis amigas desde preescolar, las fechas de todas las bodas–, de eso no recuerdo nada. Cuando pasó tuve la conciencia de que había ocurrido, nada más. Que el chico sin madre se había desnudado y yo también y nos habíamos tocado y había pasado. Ni su ropa, ni su cuerpo, ni sus sonidos, ni su tacto, ni el mío, ni su peso encima de mí. Solo que en un momento me dijo, qué raro, no has sangrado.

El que sí sangró fue el siguiente chico. No sé qué hizo, solo recuerdo un chillido que de pronto se volvió ronco. Noté algo tibio que me goteaba en la frente. No sé cómo se movió ni a qué me recordó. Giré la cabeza y vi que le brotaba sangre del cuello. Me picaba la punta de los dedos por sus restos de piel bajo las uñas, restos de defenderme de no sé qué y algo de sangre también. Se levantó, se limpió el cuello, el torso y parte de la cadera en el baño. Me dijo, ostras, te has pasado.

Cazador cazado.

## 34

No había nada en el mundo que me gustara tanto como estar con mi madre. De niña, pero también de adolescente y ya empezada la universidad, ninguna otra compañía, ninguna otra propuesta era comparable a estar con ella. En parte porque suponía que no estaba con el hombre: refugio, normalidad, piso franco.

Además, los ojos de mi madre eran color miel. Alta, tenía el escote siempre moreno, las pestañas largas y espesas de rímel. Una melena ondulada. Sabía bailar sevillanas, movía las manos preciosas. Su vestido de faralaes volaba y se ensanchaba cada vez que giraba. Me encantaba oler su almohada, su antebrazo, pasármelo por los labios y sentir la caricia de los pelitos de su piel, arrebujarme encima de ella, leer juntas en la playa, nadar hasta el espigón.

Mamá, báñate conmigo.

Si ella no estaba yo me remojaba en la orilla nada más. Nadar, nadar lejos hasta lo profundo, donde ya no queda nadie, donde te meces ingrávida, eso solo con ella. A día de hoy, solo con ella. Como ya apenas nos vemos, hace mucho que no me meto mar adentro. Allá en lo profundo, hacíamos el muerto las dos juntas, cogidas de la mano. Los oídos sordos de agua, la cara a ratos más calentita, a ratos mojada por una ola.

Le escribía notas cuando ella y Tomás salían a cenar. Se las dejaba en los últimos peldaños de la escalera para que las encontrara al llegar a casa. Le contaba todo. Casi nunca había algo que quisiera ocultarle. Ella participaba de mis mayores mentiras. Salir con mis amigas y bailar en los bares del centro me encantaba. Pero no era comparable con poner en el salón Bonnie Tyler a todo volumen y bailar juntas.

A mi madre siempre le encantó la pintura. Desde pequeña me llevaba a ver exposiciones. Me hablaba de Tiziano, de Goya, de Kokoschka, compartía sus apuntes de los cursos que hacía. Al cabo de los años me daba también a leer las notas de sus charlas de trabajo. Le gustaba que le diera mi opinión, que le dijera si el texto se seguía bien, si era repetitivo. Cuando no coincidía con mi horario de clases ni con la hora a la que llamaba el hombre, la acompañaba a sus charlas.

Que el refugio que mi madre representaba para mí, que las ansias que tenía de pegarme a ella ni son ni podrán ser nunca lo que yo soy para mis hijos es algo que he aprendido a valorar poco a poco.

Al mismo tiempo.

Yo sabía que mi madre era un descarte. Insuficientemente etérea, impúber, discreta. Insuficientemente niña para el hombre culto, para el hombre elegante. Otro que era menos en todo se había conformado con ella. Con nosotras. Otro al que siempre le veníamos bien, otro que nos tenía por maravillosas. Las dos disfrutábamos de su complacencia, pero eso le hacía ser de segunda, de tercera, de cuarta a nuestros ojos. Nos aceptaba porque era un mindundi. Y además era feo.

A menudo le pedía a mi madre que me contara el momento en que conoció al hombre. No a Tomás. Esa historia no me interesaba. A mi padre. Una y otra vez repasaba con ella el rito, los códigos, los procedimientos del amor a través de aquel encuentro.

El momento en que el hombre y mi madre se conocieron es el episodio de la violencia original. Lo oí decenas de veces. Ella había ido a un guateque en casa de una amiga. Allí estaba un chico que pretendía a mi madre, a ella también le gustaba. Los dos charlaban y reían en el balcón cuando llegó un muchacho, cogió a mi madre del brazo y arrastrándola dijo: ¡me llevo a la chica! La chica que aún no era mi madre tenía dieciséis años. No había visto nunca a quien la había cogido por la fuerza y la remolcaba por el salón de la casa. Mi padre esperaba al fondo de la estancia, a él se la entregó el muchacho, el sicario. Mi madre no les conocía y protestó.

Pero bueno, tú qué te crees, contaba que había dicho ella, ¿te piensas que puedes mandar a este chico a que me traiga a donde tú quieras? Pero tú quién eres, pero qué barbaridad.

Lo cierto es que allí se quedó.

## 35

Mamá, tenías que haberte casado con el otro chico que te gustaba, el del balcón en el guateque.

Uy, pero no digas eso. Entonces no habríais nacido ni tu hermano ni tú.

Y además eso no está bien. No está bien que pienses eso. Tu padre es una gran persona, que lo sepas. Una grandísima persona. Te lo digo yo que le conozco muy bien.

De hecho, ya te lo he dicho otras veces, yo no sería quien soy si no hubiera sido por tu padre. No sabes cómo me animó a que estudiara una carrera. Cuando tu abuelo quería que yo dejara los estudios, él me animó y me animó. Por eso le dediqué mi orla de graduación, ¿sabes? Se la dediqué a tu padre, le puse: «A ti que lo hiciste posible».

Él tuvo una infancia muy dura, muy difícil. Eso tienes que saberlo, hija.

Una madre nada cariñosa, tu abuela es tremenda, no sabes cómo le ha tratado siempre. Mira, me acuerdo un día, siendo nosotros novios, que fuimos a ver a tus abuelos a su casa y tu padre dijo, mamá, hazme así en la cabeza. Que le rascara un poco, que le hiciera unas caricias. Pues tu abuela va y le contesta, uy no, qué asco. Qué asco. ¿Tú te crees? ¿Tú te crees que se le puede decir a un hijo que te da asco?

Además, es que tus abuelos nunca se quisieron, discutían todo el rato. Él creció en una familia muy infeliz. Por eso me parecía tan importante que tú supieras lo que es una familia que se quiere, por eso me casé yo con Tomás. Tu padre es como es por falta de afecto en su infancia. Ni más ni menos. Yo siempre pensé que podría cambiarlo y darle todo el cariño que no había recibido, salvarlo de algún modo.

Pero hija, ya ves, no fue posible.

Y mira que lo intenté.

Pero no pudo ser.

En cualquier caso, tiene grandísimos valores tu padre. Grandísimos principios.

Y luego es que tiene una cabeza privilegiada, es tan inteligente, es tan culto, sabe tanto. Vamos, yo es que me quedaba embobada oyéndole siempre. Tienes que ser consciente de la suerte que has tenido con el padre que te ha tocado. Lo único malo es que es muy estricto y muy severo a veces, por eso le tienes tanto miedo, ¿verdad? Por eso llorabas cuando tenías que irte con él ¿a que sí?

Por eso te pones tan nerviosa.

Pero bueno, eso ya no tiene por qué pasar más. No te preocupes, que seguiremos buscando la manera de que puedas tener un verano de chica de tu edad. Tu libertad, tu espacio, es importante, porque ya no eres una niña, hija. Es lógico que te aburras estando todo el día con él, ahí encerrada en ese piso en vacaciones.

Que es que no se da cuenta, que eso ya no puede ser.

Yo te entiendo perfectamente, Julia, no te preocupes, que encontraremos la manera. Ahora, también te digo que me da pena tu padre porque está muy solo y con lo que os quiere, racanearle unos días o unas semanas de estar con vosotros me da pena. Seguro que está esperando el verano como agua de mayo para estar con sus hijos, pero qué le vamos a hacer. Las cosas son así a veces, qué se le va a hacer.

Lo pendiente que ha estado de ti toda la vida, lo responsable que ha sido siempre con sus hijos, que no falta ni un día a la llamada de teléfono, esté donde esté. Ni un día falta. ¿Eres consciente de que ni un día de estar contigo se ha saltado tu padre? ¿Tú sabes la cantidad de padres separados que hay que no vuelven a ocuparse de sus hijos? ¿Tú lo sabes? ¿Tú sabes la suerte que tienes?

Vamos, por favor, es que tienes que dar gracias a Dios.

Lo que pasa es que te vas haciendo mayor y eso, pues le cuesta. Le pasó también a mi padre, no creas, tienen otra mentalidad. Yo también, cuando empecé a salir con mis amigas, bueno y con tu padre mismo, le contaba mentiras al abuelo para poder salir. A la abuela no, a ella siempre le dije la verdad porque era mucho más comprensiva. Intentaba mediar entre mi padre y yo porque los dos teníamos mucho carácter. Pero tu abuelo a veces se ponía muy farruco y entonces yo le mentía. Le decía… pues no sé, que iba con las monjas a un recado, por ejemplo, y mi madre me cubría. Luego la pobre se pasaba la tarde en un ay, pendiente de que yo no llegara tarde porque si no a ver qué le decía ella al abuelo. En fin, hija, cosas que tiene una que ir apañando. Tú no te preocupes.

Bueno. Cuéntame otra vez el día que conociste a papá.

Mira, suena el teléfono, qué son, ¿las siete? Pues tu padre justo debe de ser. Corre, corre a cogerlo, que no se enfade, a ver si lo va a coger Tomás antes o se va a saltar la llamada. Y tu hermano seguro que no se ha enterado de la hora que es. Anda, corre a cogerlo, que no se enfade.

Las únicas veces que oí a mi madre criticar al hombre sin reservas fue contando algo que le había hecho a ella. Algo no demasiado violento, ni agresivo, ni perverso. Un detalle. Algo como que el día que se casaron fueron al cementerio porque mi madre quería dejar su ramo de novia en la tumba donde estaban enterrados su padre y su hermano. Cuando volvieron a casa mi padre le dijo, me debes cuatrocientas veinte pesetas del taxi de ida al cementerio y otras cuatrocientas setenta del taxi de vuelta. Mi madre sacó el monedero en ese mismo momento y pagó con un billete de mil. Él abrió su cartera y dio la vuelta que correspondía.

36

De mi abuela materna conozco una historia. Me la contó mi madre ese verano.

La historia comienza en una caseta plantada en la azotea de un edificio. Un sonido rítmico, pac, pac, pac, pac. Continuo. Tres gallinas picoteando las paredes desgastadas.

Es finales de septiembre de 1946, el sol ya está más bajo y un niño chiquito sale de la caseta. Coge algunas piedrecitas, las amontona. Una se le escurre –la más brillante, la preferida– y va a parar debajo de una montaña de trastos apilados: un colchón roto en la base, un hornillo, un quinqué, copos de cal desconchada en la cima que se van desparramando por todas partes.

El niño llora, se queja, tiene hambre. Al niño se le ha perdido su piedra preferida. Se le han puesto las espinillas blancas con la cal y el polvo, igual que las perneras de su pantalón corto. La camisita deja al aire una tripa redonda de bebé crecido.

Sale una mujer de la caseta, apartando con el codo la cortina que hace de puerta. Es mi abuela, descalza. Con una bata de cretona y un delantal descolorido. Se quita un mechón de la cara con el dorso de la mano. Tiene los dedos manchados de masa.

Le pregunta al niño qué le pasa. Él señala la base de la montaña de trastos y entre gimoteos dice, mi *pierdecita.*

La mujer se impacienta, con las manos sucias, el niño polvoriento y llorando, el fuego encendido. Duda unos segundos, no sabe qué atender primero. Finalmente se restriega la harina de los dedos en el delantal. Caen al suelo unos pegotes de masa y vienen las tres gallinas a recogerlos. Levanta al crío del suelo, ya pesa. Lo poquito que come y lo que le cunde, piensa. Qué bien se cría, por lo menos pesa ya quince kilos. Y se lo dice al niño, la próxima vez que nos dejen ir a ver a papá le vamos a decir que pesas ya quince kilos, se va a poner muy contento.

Mi abuela, entonces joven, vuelve hacia la caseta: de espaldas con el niño a la cadera y las gallinas de séquito como la cola de una novia. Las ahuyenta con el pie mientras aparta la cortina metiendo el hombro y, al girarse para entrar, la cabeza del niño en brazos la ayuda a sujetar la tela. De dentro de la caseta sale una bocanada de olor a frito y algo de humo.

La *pierdecita* se queda debajo de los trastos, el niño ya no se acuerda.

Al poco, suenan pasos en la escalera y sube desde el segundo interior derecha la voz de la cuñada. Dice ¿estáis ahí?

La cortina se revuelve, mi abuela se asoma. Se ha quitado la bata y el delantal, sujeta al niño con una mano y con la otra va sacudiendo el polvo de la falda. Se ha enjuagado las manos, pero no las ha terminado de secar y quedan unas perlitas de agua entre los dedos.

Mi abuela extiende una loneta. Ella y su cuñada se recuestan contra el muro. Les da de refilón el sol aplacado de principio del otoño. Como cada tarde, se estiran la falda, se la alisan y la conversación brinca sin ninguna estructura hasta que aterriza en lo de siempre. Mi abuela dice, lo único que yo pienso es que mira que llevárselo otra vez, qué mala suerte… Si ya le han tenido encerrado más de dos años, que casi ni conoce a su hijo.

Claro ¿y en qué vas a pensar si no, mujer? Si es que ¿cuánto tiempo ha estado libre al final, si no ha debido de llegar ni a dos meses?, pregunta la cuñada, que sabe perfectamente el día que soltaron a su hermano, porque acompañó a mi abuela a recogerle a la cárcel de Ocaña. También recuerda al dedillo el día que volvieron a llevárselo porque los de la Social despertaron a todo el edificio esa madrugada con tanto mamporro y tanto grito y luego los aullidos de mi abuela y los llantos del niño.

Cuarenta y tres días. Cuarenta y tres días estuvo en casa, responde mi abuela. Pero no mira a su cuñada, porque ya piensa en otra cosa. Se dobla la falda a trocitos como si fuera un acordeón. Le saca la mano al niño de la boca, caca, eso es caca. Y sigue, a mí lo que me angustia es saber de qué le acusarán ahora.

Pero tú no pienses en eso, por Dios bendito, no pienses eso. Yo lo que te digo es que mientras los vecinos no pongan problemas, aquí estáis bien. Aunque hayáis pasado mucho calor, pero hija, con mi hermano en la cárcel qué quieres.

Mamá, pipí –es la cuarta vez que lo dice el niño, la primera que su mamá le oye–.

Mi abuela da un brinco, ay ¡que no se lo haga! Sale con el niño en volandas escaleras abajo, al retrete comunitario que hay en la tercera planta y que da servicio a los dos últimos pisos del edificio. Trata de ir poco, con disimulo, sin molestar a los vecinos, porque sabe que no puede vivir donde vive ni hacer uso de lo que usa.

Su cuñada se ha quedado sola en la azotea. Se levanta con un gemido esforzado y ve a las gallinas afanadas con el pico pegado al suelo. Las chista, las ahuyenta y rescata un huevo que ya habían empezado a agrietar. La clara no se ha derramado, menos mal que estaba al quite. Si no fuera por ella. Nota la cáscara blandita por la falta de calcio.

Vuelve mi abuela con el niño de la mano.

Me vendría bien poder bajar a tu casa un momentito si te quedas con el niño. Media hora, a usar tu baño. Puedo coger tu olla para calentar agua, ¿no te importa?

Mi abuela se ha puesto pálida.

La otra mujer contesta, ay, hija, claro. Pero ¿para qué lo quieres?, ¿es que te pasa algo? ¿Te sientes mala?

No, no te apures, no es nada.

Pero hay una angustia renovada. En lo retorcido del acordeón de la falda, en la mirada hacia abajo, en el silencio.

¿Cómo que no me apure? A ver, ¿a ti qué te pasa?, y la agarra de la barbilla para que la mire.

¿Y cómo te lo digo? La cabeza de mi abuela se vuelve en un giro forzado por la mano de su cuñada. Pues que estoy preocupada porque tengo un retraso. Fíjate. Yo creo que de más de dos semanas, aunque no llevo bien las cuentas porque tengo la cabeza a cuadros. Pero un retraso sí, eso seguro.

Por Dios bendito, no me digas, le suelta la barbilla, gira la cabeza hacia otro lado.

Pues por eso, un baño muy caliente me quiero dar. Eso a veces funciona, decía mi madre; el agua hirviendo hace que rompas a sangrar y ya está.

Pues anda sí, baja, baja, corre, que es lo que te falta, mujer... Ya me quedo yo con el niño. Calienta el agua en la olla grande, la que está en la repisa de la cocina, ya sabes cuál te digo. Ahora me bajo yo con el crío a casa por si llega mi marido para distraerle un rato mientras tú te bañas.

Mi abuela se pone de pie, se sacude la falda, entra en la caseta y sale con una toalla de tela fina. Le da un beso rápido al niño en la coronilla. Al poco, se queda la azotea callada de nuevo.

Tardan más de una hora en volver. En ese rato otra gallina ha puesto un huevo y entre las tres se lo han comido. Mi abuela tiene las mejillas muy coloradas, arrastra los pies con la tensión por los suelos después del agua ardiendo. Se mete en la caseta con el niño. Se hace de noche.

La misma secuencia se repite cada tarde durante la siguiente semana. Luego para. Siente apuro de gastar más agua a sus cuñados. Espera que funcione, confía en que un día, de pronto, empezará a sangrar.

No funciona. No sangra.

En julio nace mi madre. Su padre sigue en la cárcel. No lo conoce hasta el día de la Virgen de la Merced, la patrona de los presos, justo un año después de la tarde en que desapareció la *pierdecita* brillante bajo la montaña de trastos.

## 37

En el verano de los dieciséis el ahorro de padre fue de un veinte por ciento otra vez. De ese umbral ya no iba a bajarme. Mi madre y yo lo pensamos durante meses. Como ella no podía romperse más huesos y a mi hermano y a mí tampoco podía pasarnos nada grave de salud –corríamos el riesgo de que el hombre se cruzara la península para controlar el tratamiento o conocer al médico–, a finales de marzo se nos ocurrió que la mentira fuera sobre algo curricular. Existía la posibilidad de que él renunciara a parte de su tiempo de vacaciones en favor del narcisismo de las pequeñas diferencias: un idioma nuevo, el alemán, un programa intensivo. Una estancia de cuatro semanas en el extranjero reduciría el tiempo de veraneo a repartir entre mi madre y el hombre a un mes. Es decir, dos semanas de padre nada más.

En abril, le tanteé una tarde por teléfono. Con desgana para que no se me notara, dije, papá, un profesor de la escuela de idiomas está organizando una estancia en Alemania para este verano. Diez personas de mi edad, en familias, el mes de julio, no sé qué te parece. También hay un programa para niños más pequeños al que podría apuntarse mi hermano.

Lo atacó con ansia: decid que sí, decidlo pronto, no os vayáis a quedar sin plaza, es una oportunidad, el alemán es muy importante, todo el mundo habla inglés, mucha gente habla francés, pero el alemán, eso ya es otra cosa... Qué oportunidad, hija. Entérate de más detalles, la ciudad, qué familia, qué fechas.

Entre mi madre y yo podíamos inventar un programa, un horario de vuelos, el nombre de una familia para mí y otra para mi hermano, unas direcciones. Pero necesitábamos postales, bastantes postales. Desde cualquier sitio al que íbamos había que mandarle postales, aunque fuera solo un viaje de fin de semana. Si no, el hombre se enfadaba mucho, decía que no le queríamos, que no pensábamos en él, no le teníamos en cuenta, éramos unos desagradecidos. Sobre todo, yo, mi hermano era pequeño para encargarse de esas cosas. Además, yendo al extranjero, las postales sustituían una parte de las llamadas de teléfono, que salían muy caras.

Cerca de nuestra casa vivía un chico de Dortmund que se había instalado en el pueblo hacía un par de años. Le conocíamos solo de vista, pero mi madre pensó que nos podría ayudar. Fue a hablar con él. Yo no. Yo me moría de vergüenza. No sé qué le contó, no sé si mi madre creó una mentira sobre la mentira.

Un amigo del vecino alemán nos mandó en un sobre cincuenta postales de Dortmund con el reverso en blanco. Veinticinco para mí y veinticinco para mi hermano. Nos llegaron a principios de mayo. Con la ayuda de una guía de bolsillo, a finales de mes ya tenía listas todas las postales con una pequeña anécdota personal en relación con el monumento o el paisaje del anverso. Mi hermano escribió en las veinticinco que le correspondían, pasando a su letra el texto que yo le había preparado en un cuaderno. Las líneas del destinatario iban completadas con los datos del hombre.

Las metí todas en un sobre grande junto con cuarenta marcos alemanes que cambiamos en la caja de ahorros para que el amigo franqueara las tarjetas y las enviara poco a poco a partir del uno de julio. En el sobre iba también una nota insistiendo en que era muy importante que se mandaran de manera escalonada, que nos aguantaran allí el tiempo suficiente.

Al cabo de unas semanas, vino a casa el vecino de Dortmund para confirmar que su amigo ya tenía el sobre con todas las postales escritas.

Bueno, hija, pues ya te puedes quedar tranquila, que este verano tampoco te vas a tener que ir un mes entero con tu padre.

Ya está, ahora relájate, que está todo resuelto. No te tienes que preocupar más. Es que es normal que quieras hacer un poquito tu vida, hija. Que tienes dieciséis años, que no tienes cinco. Que parece que no se da cuenta. Con lo inteligente que es para unas cosas, con lo brillante que es, porque mira que es brillante, y en cambio hay otras que no me explico cómo no las ve.

Nada, entre nosotras nos apañamos, hija, tú tranquila. Pobrecito tu padre, pero qué le vamos a hacer.

Por navidades, al vecino alemán le regalamos un jamón. Así que todo costó cuarenta marcos y sesenta mil pesetas. Hay que añadir las mil trescientas pesetas de un diccionario que compró mi madre. Incluía unas páginas de gramática al final. En los años sesenta Tomás había trabajado varios veranos en un hospital de Frankfurt, así que pudo enseñarme algunas cosas para cuando el hombre preguntara qué sabía decir en alemán. Aquel verano aprendí el acusativo, el dativo y el genitivo. *Das Vater, dem Vater, des Vaters.*

El subgénero viaje de idiomas lo utilizamos tres veranos más, consiguiendo postales de Edimburgo, Tubinga y Montpellier. Mi hermano tampoco intervino en ninguna de esas mentiras, al pajarito le depositábamos el alimento en la garganta.

No volví a pasar un mes entero con mi padre. Nunca más volví a llorar cuando me tocaba ir con él. Crecí por fin. Me sentía arropada por saber que éramos más listas, que habíamos sido capaces de excavar una red de caminos subterráneos que me cobijaba un poco, a veces, no del todo, el aire estanco asfixiándome a ratos.

En algún lugar, en algún mueble, en algún cajón hay una colección de postales escritas por mí desde lugares en los que nunca he estado. Hace fresco, ayer llovió, la comida es mala, muy grasienta, la familia es agradable, aunque a veces son secos. Lo que más me gusta es lo verde que es todo. Aprendo mucho, progreso a buen ritmo: *das Vater, dem Vater, des Vaters.*

## 38

En una ocasión mentí sin necesidad.

Los sábados que no estaba con el hombre en el hotel o en su piso de la capital, quedaba a las diez de la noche con mis amigos del colegio para hacer botellón en la playa. Era nuestro último curso antes de la universidad. Me tomaba dos de ron con limón. En vaso de tubo. Esa era la medida que tenía controlada.

Sobre la medianoche, cuando empezaban a abrir los bares del centro, caminábamos hacia allí desde la playa. El trayecto nos llevaba unos veinte minutos. Íbamos cantando y bailando por la calle. Aquella noche habían abierto un puesto de chupitos al lado del bar al que solíamos ir primero. Un chico que me gustaba, un cazador que nunca me rozó siquiera, pidió una ronda y luego otra. Me tomé los dos chupitos. Después bailé muchísimo y cuando ya eran casi las tres de la madrugada, salí del bar camino de donde esperaba Tomás con el coche.

Al pueblo en el que vivíamos no llegaban autobuses por la noche y, para que pudiera salir los sábados, él se quedaba despierto viendo películas hasta la hora de recogerme. Mi madre se acostaba. Normalmente Tomás no se quedaba dormido, pero siempre ponía una alarma por si acaso.

Iba de lado a lado por la calle del teatro y por la plaza Mayor, apenas me podía sostener. Conmigo venían dos amigas a las que Tomás también dejaba en su casa porque estaba de camino para coger la autovía. En el coche yo no paraba de hablar y cantar. Recuerdo ir muy mareada y que cuando se bajaron las dos chicas Tomás abrió mi ventanilla.

Al llegar a casa, vomité en el porche de la entrada. Balbuceé cuatro cosas y entré chocándome con el marco de la puerta. Tomás dijo que no me preocupara, que me subiera a acostar. Desde dentro vi que cogía la manguera para limpiar el suelo del porche. Me metí en la cama con la ropa y los zapatos que todavía tenían arena de playa. Esa noche vomité tres o cuatro veces más.

Hasta entonces, siempre había estado mi madre sosteniéndome con su cuerpo cuando vomitaba. Agarrándome por detrás, con las piernas abiertas por fuera de las mías y sus rodillas flexionadas. Una de sus manos en mi tripa y la otra en mi frente. Eso me aliviaba, podía aflojar todo el cuerpo, dejarme caer. Ahora adopto esa misma postura cuando lo necesita alguno de mis hijos. Si le pasaba a mis amigas, en cambio, me ponía siempre a un lado, sujetándoles el pelo. No el cuerpo, el pelo. Aquella noche vomité sola por primera vez.

A la mañana siguiente entré en la cocina a la hora del desayuno. Sentía mucha vergüenza, no tanto por Tomás sino por lo que pudiera decir mi madre. Que los sábados que estaba con ella salía de botellón y me emborrachaba lo justo –lo justo, salvo la noche de antes–, era de las pocas cosas que no le contaba: para ella ni bebía ni fumaba. Antes de que mi madre dijera nada, empecé a explicarle que la noche anterior habíamos cenado en la pizzería y que fatal las pizzas, muy fuertes, mucho picante, una amiga había vomitado a las dos de la mañana y yo al llegar a casa. Mi madre dejó de remover con la cucharilla. Levantó una ceja, se le alargó la mandíbula, me miró. En ese momento me di cuenta de que Tomás no había dicho nada. Aprendí que a veces no hace falta defenderse preventivamente.

## 39

Aunque los veranos con el hombre duraran menos, los pasaba encerrada, como decía mi madre. Mi hermano y yo no nos separábamos del hombre, íbamos con él a todas partes.

La amiga hermana tenía un poco más de margen. Podía bajar a echarse la siesta en la piscina, podía dar paseos por la playa a la caída de la tarde, podía ventilar su cuarto con la puerta cerrada. Hacía tiempo que habían empezado a salirle canas y a darle espantos. No lograba dormir, no lograba avanzar en su doctorado. Se pasaba la mañana y la tarde trabajando en la tesis, apenas la veíamos. No se teñía, al hombre nunca le gustaron los tintes. A la amiga chacha le habían salido muchas arrugas.

Una chica del edificio a la que llevaba viendo todos los veranos desde hacía años, pero con la que nunca había hablado –porque la chica no era mi padre, ni era mi hermano, la chica no era la amiga cada vez más loca–, me preguntó un día si quería bajar por la tarde con ella a la playa. Le dije, no, no puedo. Sin pensarlo siquiera. Ella había aprovechado para acercarse el momento en que me enjuagaba el cloro en la ducha de la piscina. El único momento en que no tenía a mi padre pegado. Su mirada sí la tenía encima, pero desde algunos metros. Al día siguiente volvió a acercarse a la ducha. Me dijo que eran fiestas y que unas cuantas amigas iban esa noche a un concierto en la explanada. Le contesté de nuevo que no podía. Y después le dije, gracias.

Cuando estábamos dentro del ascensor mi padre preguntó, qué te ha dicho esa chica en la ducha. Le dije que me había propuesto ir al concierto. Entonces contestó, ¿tú sabes lo que pone en la puerta del infierno de Dante? Me avergonzó decir que no con la cabeza, mirando al suelo –insuficientemente culta, insuficientemente leída–. Esas fueron las primeras palabras que aprendí en italiano. Al día siguiente, cuando bajábamos a la piscina el hombre dijo, a partir de hoy la ducha nos la damos en casa.

Aunque el verano con el hombre durara menos, me angustiaba que pudiera no tener fin si le pasaba algo a mi madre, si en las dos semanas que estaba con el hombre ella desaparecía y me tenía que quedar con él para siempre. Dejé de pedir que muriese mi padre –ahí tampoco había esperanza– para pedir que no dejase de vivir mi madre. En la gruta de Lourdes, viendo una estrella fugaz, en la ermita de la Virgen de la Roca decía en voz baja con los párpados muy prietos, por favor que no se muera mi madre, por favor que no se muera mi madre, por favor que no se muera mi madre.

Me asustaba todo cuando no estaba con ella, sobre todo los accidentes de coche. Que se estrellara contra un camión, que se saliera de la autovía en una curva y se cayera al mar, que diera una vuelta de campana, que no se pusiera el cinturón, que condujera demasiado deprisa, que hubiera dormido poco, que se pusiera a buscar en el bolso un cigarrillo mientras adelantaba un autobús, que Tomás hubiera bebido y se empeñara en coger el coche. Y todo eso sin estar yo para decir, ¡cuidado! ¡No vayas tan deprisa! ¡Ya te cojo yo el cigarrillo! ¡Viene un autobús de frente! ¡Frena, que esta curva es muy cerrada!

En vez de eso, como no podía, cada vez que hablaba con ella por teléfono le decía, mamá, por favor ten cuidado con el coche, que Tomás no conduzca si habéis salido, no vayas deprisa, ten cuidado con el coche, mamá.

## 40

Aunque las vacaciones con el hombre duraran menos, un año fueron más breves aún.

El verano justo antes de comenzar la universidad, no sé por qué, no recuerdo cómo, le dije al hombre que le tenía miedo. La amiga cada vez más loca no había venido esas vacaciones. Estaba intentando terminar la tesis que llevaba siete años escribiendo entre lorazepam, alprazolam y diazepam. El hombre, mi hermano y yo estábamos sentados en una terraza cerca del puerto, tomando un refresco sin hielo. Le dije que siempre tenía miedo de que se enfadara, miedo de que dejara de hablarme durante días, de que pudiera pasar una semana entera sin dirigirme una palabra ni una mirada. Que intentaba hacer las cosas como él quería. Siempre. Pero que nunca tenía la seguridad de que fuera a acertar y me daba pánico que se enfadara. Mi hermano no dijo nada. El polluelo no sabía trinar.

El hombre se rio de mí. Aunque a veces sonreía, no creía haberle oído reír tan fuerte nunca. Dijo, cuando vuelva a la oficina en diez días y me pregunten qué tal con tus hijos estas vacaciones, les diré, pues regular porque resulta que mi hija dice que me tiene miedo y que tiene que hacerse una coleta porque cree que a mí no me gusta el pelo suelto.

Le salió todo a trompicones por las carcajadas y con voz de pito. Entre las risotadas, ponía los labios fruncidos y hacia delante, pestañeaba muy deprisa, sacaba una mano de repente, tiesa y con la palma hacia arriba como sujetando en una bandeja mi subjetividad absurda. Burlándose de mí como el colmo de lo femenino, o sea de lo ridículo, o sea de lo ñoño, de lo grotesco, de lo cursi, de lo infantil.

Me levanté para ir al baño. Mi hermano y mi padre se quedaron sentados en la terraza. Cerré la puerta del retrete. Lloré con los dientes rechinando. Abrí la boca cuando me dio miedo que se me saltaran los incisivos por apretar tan fuerte. Crujían. Me mordí primero los nudillos de la mano derecha, después los de la mano izquierda. Me agarré los pómulos, apreté la piel desde el borde de las cuencas de los ojos, estiré hacia abajo. Se me puso la cara blanca, después roja, después con manchas blancas y rojas. Me clavé las uñas en el cuello. Lloré más.

Salí. Con las mandíbulas atrancadas dije que volvía con mi madre al día siguiente. El hombre se levantó y contestó, muy bien, pues vamos a la agencia de viajes. Al llegar al mostrador mi hermano dijo que, si yo me iba, él prefería volverse conmigo también. Mi padre me recriminó con desprecio que, además de todo, influyera en mi hermano de esa forma. Fue lo último que dijo hasta que pasamos el control de seguridad del aeropuerto veintitrés horas más tarde. Tomás ya no nos esperaba del otro lado, yo ya podía hacerme cargo. Antes de que cruzáramos el arco dijo, mañana llamo a las diez. Y se dio media vuelta.

En el avión me senté en la ventanilla. Miraba hacia afuera. Mi hermano y yo no hablábamos. Veía con la mente vacía cómo se desplegaba a mis pies el territorio que conectaba el horror con el pueblo de playa, ese trayecto que había hecho tantas veces. No pensaba por qué en esa ocasión había sido capaz de superar el miedo para decirle precisamente que le tenía miedo.

Lo pienso ahora. Mi mundo era sórdido y de ritmos predecibles, pero no era la puerta del infierno de Dante. No me sentía atrapada para siempre. El tiempo arrastraba a mi favor, el futuro se precipitaba hacia otra realidad, hacia el momento en que podría respirar. Aquel verano de mis dieciocho años, a punto de comenzar la universidad, a punto de mudarme de nuevo a la capital, debí de sentir que esa inercia se aceleraba, que ya arrancaba algo menos claustrofóbico, menos doloroso, más mío.

Me equivocaba.

A la vida verdadera le quedaba para comenzar mucho más de lo que creo que imaginé entonces. La siguiente vez que me atreví a decirle algo parecido, la siguiente vez que me senté ante el hombre con el corazón latiéndome en los oídos, reventando en mis sienes, estallando en mis muñecas, habían pasado otros dieciocho años. Entonces no me hizo burla. No puso voz de pito, no tuve que ir al baño a morderme primero el puño derecho y después el izquierdo. No me clavé las uñas. Entonces le enseñé el acceso a los túneles que me habían estado protegiendo a ratos, un poco, de vez en cuando, no del todo.

# PARTE III
# UN MONSTRUO QUE SALE DE OTRO MONSTRUO

## 41

La universidad comenzó a las pocas semanas del verano cortísimo de padre. Dejé el pueblo, a mi madre, dejé a Tomás, a Reme y al mar. De las hijas de Reme no me despedí. La mayor estaba despachando en la panadería del Eroski y la pequeña friendo pescado en el primer chiringuito del paseo marítimo.

Volví a la capital para estudiar en la universidad que me convertiría en directiva de empresa, en socia de bufete de abogados, en alta funcionaria de la Administración. La universidad que quería mi padre. Nunca me lo dijo. Ni falta que hacía.

El hombre siguió llamándome cada día a la hora de siempre, aunque las llamadas se habían acortado mucho. Apenas me hablaba a raíz del verano tan corto, solo hacía sonidos de boca cerrada. Los pocos minutos que duraba la conversación recaían por completo en mí. Intentaba rellenarlos buscando en la vivencia de ese día o en mi imaginación algo que no le generara rechazo.

Algo como:

¿Sabes, papá? Hoy de comer había lentejas.

Y una compañera de la residencia que es de Murcia les ha echado vinagre.

Yo nunca había visto eso, lo de comer lentejas con vinagre. ¿Tú lo habías visto alguna vez, papá?

Silencio.

Hoy he tenido clase de Derecho Romano.

El profesor tiene el mismo apellido que la abuela, me ha dicho que es de un pueblo de Orense.

Silencio.

Solo al final decía muy serio: hasta mañana a la hora de siempre.

Y colgábamos.

Durante aquellas semanas, pregunté a mi hermano un par de veces si el hombre le hablaba cuando llamaba por teléfono.

Sí, ¿por?, contestó.

Porque mis llamadas sin embargo están vacías.

Pues no sé, estará enfadado por algo, decía mi hermano.

Aunque no me hablara, siguió llamando cada día y pagando la mitad que le correspondía de los seiscientos euros mensuales que costaba la universidad privada y otros tantos de la residencia a la que me había ido a vivir.

Qué bueno es el hombre.

Qué bueno, que me lo paga todo.

Y me llama cada día.

Y no me pega ni nada.

Ni me insulta ni nada.

A pesar de lo mal que me porté este verano, que le dejé tirado a mitad de las vacaciones.

No sé por qué exagero así, total, él solo quiere que me haga una coleta.

Y me lo paga todo.

Me lo paga todo a pesar de que no me he ido a vivir a su casa.

A su piso céntrico con un cuartito frío y sin luz.

A pesar de que vivimos ya en la misma ciudad.

Con lo bueno que es y lo poco que le quiero.

Como ya estaba enfadado desde el verano, salía barato decirle que vivir con él no me parecía buena idea, que prefería la residencia.

Total, ya no me hablaba.

Total, yo ya era un desecho a sus ojos, que son todos los ojos, los ojos más importantes, los únicos que cuentan.

Y él, a pesar de eso, a pesar de todo, paga la parte que le toca de los seiscientos euros mensuales que cuesta la universidad y otros tantos de la residencia.

## 42

Al mes de instalarme en la habitación 106 del colegio mayor, el hombre llamó por teléfono de repente, fuera de la hora acordada.

Pensé que se había muerto alguien. Pero no. Pero casi. Dijo que no quería tener más contacto conmigo. Hija, he decidido que no quiero tener más contacto contigo, eso fue lo que dijo. Que yo tampoco le llamara. Nada más.

Cerré los ojos. El silencio me abrió la boca y me la calló a continuación. En ese momento fui yo quien contestó con un sonido espeso, faltaba el aire. No pude decir otra cosa. Colgué congelada. Rígida.

Al contrario de lo que había pensado durante años, su renuncia no abrió ningún espacio. No comenzó a circular el viento, no entró la luz, no trajo ninguna euforia. No encontré alivio por ningún lado. Solo vacío, abismo, eco.

Al día siguiente hablé con mi hermano para preguntarle si el hombre seguía llamándole cada día.

Sí, ¿por?

Las semanas posteriores son un enorme fundido a negro en mi recuerdo. Una androide que se levanta, se viste, baja a desayunar al comedor de la residencia, coge el autobús aún de noche, se baja en la parada de la universidad, recibe impávida una maraña de datos, come cualquier cosa en cualquier sitio, vuelve a la residencia, se encierra en la habitación. Una máquina que no habla con nadie. Desarrolla las tareas para las que ha sido puesta en el lugar que está. Nada más.

En parte pertenecía al ambiente de la universidad –mi padre era elegante y rico, por eso estaba en aquella universidad privada, mi padre era culto y se hacía trajes caros–. Pero por otro lado estaba recién llegada de un pueblo y desentonaba. Llevaba zapatos con plataforma en vez de tacón, no tenía el pelo lo suficientemente liso ni las mechas bien dadas, ni pulseras finitas y de oro que tintinearan. No me gustaba la ciudad enorme. No encontraba dónde cobijarme más allá de mi habitación de la residencia.

Por suerte la carrera era exigente. Tenía muchas horas de clase y cuando volvía de la universidad siempre había algo que estudiar, unos apuntes que pasar a limpio, un capítulo nuevo que leer, unos problemas de álgebra por resolver. Estudiar mucho y sacar buenas notas era lo único que me despertaba alguna ilusión. Preparaba en secreto esa ofrenda para mi padre.

Cuando me vuelva a llamar.

Cuando le vuelva a ver podré decirle que he sacado siete sobresalientes y tres matrículas de honor. Que ya no hace falta que me dé una propina por cada sobresaliente y el doble por una matrícula. Que se lo ofrezco sin contraprestación. Solo para él, todo para él.

Ojalá le merezca.

Ojalá le guste.

Ojalá me quiera.

## 43

En la residencia las novatadas duraban hasta final de octubre. Las chicas que, como yo, eran de primer año salían cada noche. Cuando coincidíamos en el comedor contaban entre risas cómo habían ido superando las pruebas de las veteranas: ve y declárate a ese chico que acaba de cruzar la calle; ponte de pie en medio del vagón del metro y explica en voz alta dónde están las salidas de emergencia y qué hacer en caso de despresurización, como si fueras una azafata de avión; hasta final de octubre ve a clase todos los martes disfrazada de luchador de sumo.

Decían que esos juegos eran la forma de que las nuevas fuéramos acompañadas unas semanas. Yo no iba. No me reía cuando lo contaban en el comedor. No podía reírme de nada, mucho menos de mí misma. Me pasaba las tardes encerrada en la 106. No sabía relacionarme con ninguna de ellas, ni novatas, ni veteranas, ni tampoco con los chicos que cruzaban la calle.

Las de la residencia me dejaban en paz, ninguna venía a buscarme. En cambio, una chica que se sentaba a mi lado en clase insistía en quedar conmigo por las tardes. Yo no quería salir de la habitación. Solo me apetecía meterme en la cama bajo la colcha verde que hacía destellitos por la electricidad estática y me ponía los pelos de punta. Repasar mis apuntes, hacer las lecturas del día siguiente, meterme otra vez en la cama. Solo eso. No quería gastar un viaje de metro en volver a la zona de la universidad y quedar con nadie.

Pero ella insistía. Escribía cada tarde mensajes de texto al móvil que me acababa de regalar mi madre. Había usado ya una riada de excusas –tengo que hacer compras, llevar un certificado, me duele la cabeza, ya he quedado con otra chica de la residencia, se me ha caído un empaste, ha venido un primo a la ciudad y tengo que verle, cita con el oftalmólogo.

Un sábado por la tarde, después de haberle contado otra mentira ese mismo día por la mañana, sin pensarlo mucho, le dije que me acababa de atropellar una moto. Al principio pensé que había dado con la excusa perfecta porque me valdría no solo para esa tarde, sino también para el resto del fin de semana. Pero ella se alarmó muchísimo. De los mensajes pasó a las llamadas. No había terminado de sonar el timbre del teléfono y ya comenzaba la llamada siguiente.

Me quedé en blanco. No pensé que la chica iba a reaccionar así y la mentira no estaba suficientemente trabajada. Esta vez sola, sin mi madre, no veía cómo salir de la situación. Como no cogía el teléfono, ella volvió a los mensajes de texto. Preguntaba en qué hospital estaba, si era muy grave, si avisaba a la universidad. Decía que iba a llamar a mi residencia para avisar allí por lo menos.

Me recompuse. Esbocé cuatro apuntes en una hoja, salí de la residencia para que hubiera algo de ruido y nadie me oyera. La llamé, resolví la mentira, la apacigüé: no ha sido grave, estoy en la calle, pero tengo que hacer papeleo porque ha venido la policía, no puedo quedar, lo siento. Cuando colgamos me asusté. Y a continuación me di cuenta de que no me quedaba más remedio que hacerme su amiga.

Los días más felices de aquel primer año de carrera fueron cuando cogí mononucleosis sin besarme con nadie y estuve diez días en la cama, encerrada en mi habitación de la residencia. Me subían la comida y la cena. Leí *El amor en los tiempos del cólera* tres veces seguidas.

Un fin de semana al mes volvía al pueblo de visita. Revolvía con mi madre dentro de las cajas que había en el garaje, buscando algo que hiciera más acogedora la habitación de la residencia. Poner bonita la hura, adecentar el hueco. Una colcha nueva para guardar la verde al fondo del armario.

No quería ver a mis amigas del colegio, no sabía qué contarles. Estaba segura de que me preguntarían por la vida en la capital, las fiestas, los bares, los chicos, y yo solo podía hablar de la habitación 106. Mentirles a ellas también era demasiado esfuerzo. Reconocer que la vida se me había atascado era insoportable. Así que no las avisaba. Me daba miedo encontrarlas por la calle y tener que inventar algo para justificarme. Al cabo de un año había perdido el contacto con todas ellas.

Cuando volvía al pueblo de visita, recién llegada, la noche del viernes me sentía tranquila. El sábado por la mañana bajaba a la playa. Si hacía viento y frío me abrigaba con muchas mantas. A mediodía empezaba a angustiarme el momento en que tendría que coger el tren de vuelta, llegar tarde el domingo a la capital por haber querido apurar hasta el último momento. Correr por el andén para que no me cerraran la puerta de la residencia. Arrastrar la maleta, la colcha nueva y el póster para tapar el cabecero marrón oscuro. De la habitación al pueblo, del pueblo a la habitación.

## 44

El primer año de universidad salí una noche cuando habían acabado los exámenes del primer cuatrimestre, justo antes de las vacaciones de navidad. Me puse un pantalón negro de terciopelo, una camiseta de lentejuelas y unos pendientes largos de plata. Fui con otras veinte chicas de la residencia, dejándome arrastrar entre la barahúnda, primero a la parada de metro, después por los pasillos hasta el andén y finalmente desde la estación donde nos apeamos hasta una plaza llena de gente. Gente que salía para celebrar el final de los exámenes, gente de cenas de empresa, gente de copas.

Me pareció carísima la entrada a la discoteca. La cola del ropero, interminable. Me quedé con el abrigo en la mano. Rodeada de gente que podía mirarme o despreciarme, acercarse o ignorarme, quizá robarme, a quien podía gustarle o no gustarle.

Pero venga, ¡baila!, me decía alguna de las chicas.

Bailar cómo en aquel sitio. Bailar qué, bailar con quién, bailar para qué.

Empecé a preguntar a mis compañeras hasta qué hora pensaban quedarse. Una por una:

¿Cuándo piensas volverte?

¿Cómo vas a volverte? Porque el metro cierra a la una de la mañana y para poder coger el último prácticamente tendríamos que irnos ya, ¿no?

¿Tú sabes cómo se vuelve a la residencia si no es en metro?

Porque ¿tú hasta que hora piensas estar? ¿Qué plan tienes?

¿Sabes algún teléfono para llamar a un taxi si no llegamos al metro?

Algunas no me oían por el estruendo de la música. Cuando me acercaba más y se lo gritaba al oído, se despegaban echando el cuello hacia atrás, me miraban con la nariz arrugada, hacían una pausa y su cara se hacía todo entrecejo. No comprendían lo que preguntaba. Nadie sabía ni cuándo, ni cómo, ni con quién iba a volver. Pasados unos segundos de desconcierto se encogían de hombros y sonreían dando un sorbito a su copa.

Otras ni me dejaban terminar la pregunta porque empezaba a sonar su canción favorita y tenían que saltar y mover la cabeza y dar vueltas de un lado a otro. No soportaba esa blandura, esa complacencia ante la incertidumbre, ese estar tan satisfechas en medio de la duda.

Estaba furiosa conmigo misma. Por no pensarlo hasta ese momento, por haberme ido con ellas, por gastar el dinero que había gastado y el que tendría que gastar aún. Por no haberlo previsto, por la discoteca absurda, por los pantalones de terciopelo. Me clavaba las uñas en las palmas de la mano, alternando. Primero hincándolas en la mano derecha, después en la izquierda.

El lunes, además, había clase. ¿Y si no rendía? ¿Y si no podía coger bien los apuntes por estar demasiado cansada? ¿Y si me perdía de vuelta a la residencia y me pasaba algo por la calle? No aguantaba el estruendo de la música, los destellos, las caras intermitentes de las otras chicas.

Salí yo sola. No gasté la consumición incluida con la entrada. Tampoco se la regalé a nadie, estrujé el papelito y lo tiré al suelo nada más pisar la calle.

Estaba lloviendo.

¿La noche de todas las cenas de empresa antes de navidad?, uf, olvídate, bonita, me dijo el portero de la discoteca cuando le pregunté dónde podía coger un taxi.

Aun sabiendo que ya había pasado la hora, caminé hasta la estación de metro. Estaba cerrada. Me senté en una parada de autobús a esperar que llegara alguno. Hacía cada vez más frío y no se veía nada a lo lejos. Pero al menos ya estaba emprendiendo el regreso, había despejado un par de incógnitas.

Cuándo me iba a volver: inmediatamente, antes de empezar.

Con quién: con nadie, yo sola.

En lo que de mí dependía, estaba poniendo de mi parte.

La marquesina era de una línea de autobuses que se suspendía a las once de la noche. No llegó ninguno. Habían pasado más de tres horas cuando vi a las chicas de la residencia salir de la discoteca por una bocacalle que daba a la plaza en la que yo estaba. Fui corriendo hasta ellas y me encajé de nuevo en el grupo. Ya suponían que era una rara, no preguntaron de dónde venía. Una chica de tercer año sabía dónde coger el autobús nocturno que paraba cerca de la residencia. Caminamos quince minutos hasta allá. Fue el mejor rato de la noche, rodeada de voces y risas, las luces de navidad multiplicándose en las gotitas de lluvia. Llegué con los bajos del pantalón de terciopelo embarrados y las botas de tacón también. Las puse a secar debajo del radiador y se quedaron deformadas para siempre. Ese año no volví a salir más.

Sin el amparo de mi madre tenía miedo. Miedo de hacerlo mal, de un nuevo repudio, miedo de no rendir en la universidad, miedo de no saber ser, miedo de mí misma, miedo de vivir, miedo de todo. Por eso me apretaba la soga alrededor del cuello cada vez más fuerte. Me recogía la correa, me reducía a mí misma los espacios disponibles, el terreno transitable.

Hace poco tuve que ir a dar clase a una universidad distinta de aquella en la que estudié. Era mediodía y a las puertas de la facultad de ciencias un grupo de estudiantes, siete u ocho en total, jugaba a las cartas en el césped. Otros a su lado dibujaban y charlaban. Acababa de comenzar el curso. El día era cálido y estaban a la sombra de un gran castaño que empezaba a amarillear. Me resultaba todo ajeno, inalcanzable. Igual que de adolescente, cuando veía a los universitarios y ansiaba que llegara mi momento de participar en esa fase de la vida que parecía tan lejana. Pasé de ser demasiado joven a ser demasiado vieja sin solución de continuidad. Como si esa etapa no hubiera pasado por mí. No pasó por mí. Comprendí que no era cuestión de edad ni de tipo de estudios. Era cuestión de ligereza, de liviandad. No pasó por mí. Cuando avanzaba por el campus de vuelta a la estación de cercanías oía los pájaros, las risas, las conversaciones, sentía la sombra entrecortada de los árboles por encima.

## 45

Justo cuando me curé de la mononucleosis, mi abuela paterna se puso enferma. Habían pasado tres meses desde la última llamada del hombre.

Tienes que ir a ver a tu abuela.

Por ella y sobre todo por tu padre. Pobrecito, date cuenta. Aquello de que te fueras el verano pasado y le dejaras allí plantado fue feo, hija. Tienes que hacer un esfuerzo, te corresponde a ti dar el paso. Piénsalo, su madre está enferma. Él estará solo allí en la clínica. Y eso no puede ser, hija. No puede ser de ninguna manera.

Fui directamente al terminar las clases ese día. Di el nombre y apellido de mi abuela en la recepción del hospital. Me devolvieron un número de habitación y subí.

En el ascensor repetía en voz baja, mirando al suelo y retorciendo la tira de mi bolso: ojalá haya salido a comer, que mi abuela esté consciente y le pueda decir después al hombre que he venido pero que no tenga que encontrarme con él, que no tenga que poner las manos juntas, la voz aniñada.

Por supuesto que estaba el hombre. Sentado en una butaca, justo enfrente de la puerta de la habitación. Una pierna apoyada sobre la otra haciendo triángulo, el tobillo derecho sobre la rodilla izquierda, el periódico desplegado en ese hueco, la suela del zapato a la vista.

Ni miré a mi abuela. Ni la vi en aquella cama. Él se levantó, dejó el periódico sobre la butaca y susurró, hija. Casi nunca me llamaba por mi nombre, solo hija. Me lancé a sus brazos. Me recogió y me derretí de gozo. Mirada de párpado, manitas juntas. Me había hecho una coleta justo antes de girar el picaporte.

La abuela estaba ingresada por una obstrucción intestinal aguda. No pasaba más que eso. Que no le salía la mierda, que estaba atascada de mierda, que había tanta que reptaba por el tracto intestinal hacia arriba y a poco le salía por la boca. Le dieron el alta al día siguiente. Era jueves.

El domingo vino el hombre a recogerme a la residencia. Tenía un coche nuevo, un BMW deportivo. Me trajo una bufanda de cachemira de regalo, me invitó a comer pescado blanco en una marisquería de las afueras y paseamos por un parque desierto. Hacía mucho frío.

Me preguntó por las notas. Sacó unos billetes por los sobresalientes y las matrículas. Dije que no, que no, que no hacía falta, pero los cogí sintiéndome afortunada por que me hubiera perdonado y aún más por que pasara a recogerme a la residencia y más aún por que me trajera un regalo y me diera una propina y me invitara a comer en un sitio elegante. Reconfortada a la sombra del depredador.

Volvimos a las llamadas diarias, los encuentros de fin de semana y los arqueos de caja trimestrales: en el *Haber* el dinero que me había ido dando, por las notas, por mi cumpleaños. En el *Debe* lo que me había gastado, cada cantidad con su fecha y su concepto. En la liquidación, la cuantía exacta que restaba. Al final de cada arqueo, escrito *Cuadra* con su letruja retorcida y subrayado dos veces.

## 46

Al principio del tercer cuatrimestre me pusieron con otras tres chicas de clase para hacer juntas un plan de marketing. Fue un fastidio tener que trabajar en grupo. Mis compañeras no eran lo suficientemente aplicadas. No eran listas, ni incisivas, ni dedicadas. Las despreciaba.

Los miércoles por la tarde nos reuníamos en una sala de la universidad para avanzar con el trabajo. Me sentaba con ellas a la mesa, cruzaba los brazos y las miraba muy fijamente. Apenas decía algunas palabras, algún «no sé», «yo no lo veo del todo así», «no estoy segura» o «no me parece claro tu planteamiento». Pero nunca contribuía con ideas si ellas me preguntaban. Hacía como mucho un sonido indescifrable sin abrir la boca, cerraba los ojos despacio, los párpados en un descenso lentísimo, y me encogía de hombros.

Cuando un poco más tarde llegaba la hora de la llamada telefónica, le contaba al hombre lo estúpidas que eran mis compañeras, lo bobas, más que bobas. Lo frívolas, lo poco inteligentes, las ideas tan ramplonas que tenían. Me quejaba de mi mala suerte por tener que hacer algo con aquellas chicas y de la universidad por obligarme a hacer trabajos en grupo.

El hombre me entendía. Son esas cosas de universidades americanas que aquí nos tragamos como idiotas, decía. Y continuaba: la universidad no está para trabajos en grupo, ni dinámicas en equipo, ni habilidades de comunicación, ni cursos de liderazgo. Ponía voz de pito y las pestañas no se las veía, pero era como si se las viera, batiéndose arriba y abajo a toda velocidad. Lo tonto, lo ridículo, lo absurdo, lo ñoño. Las insultábamos juntos. Me integraba en una alianza de desprecio con el más listo, con el más culto, con el más alto, con el más rico.

Pedí una reunión con la profesora para avisarla de que no iba a hacer el trabajo con las compañeras que me había asignado. En ese mismo momento le puse encima de la mesa un plan de marketing completo hecho por mí sola. El registro adulto lo tenía dominado: era seria y me expresaba con rigor, con mucha propiedad. Me aceptó el trabajo.

A mi madre le pareció horrible que lo hubiera entregado por mi cuenta.

Eso es de ser muy mala compañera, hija.

Pero ¿cómo se te ocurre? ¿Por qué has hecho eso?

Bueno, pues si son tontas te aguantas. Ya te tocará con otras compañeras la próxima vez. Pero ir así a tu aire y por tu cuenta, eso es horrible.

Bah, no entiendes nada, le contestaba.

Mi padre me felicitó. Por la iniciativa, por tomar las riendas, por mi capacidad de trabajo, por no conformarme con lo que dijera la primera profesora de pacotilla, la primera ignorante de tres al cuarto.

## 47

Una de las posibilidades que me dio la universidad fue la de competir con la amiga chacha a ojos de mi padre. Cuando nos conocimos yo era una niña y ella empezaba sus cursos de doctorado. La vida se le había quedado en pausa desde hacía más de una década, así que mis logros académicos estaban cada vez más cerca de los suyos. Yo ya era universitaria mientras que ella no había superado aún la condición de estudiante de doctorado.

Daba algunas clases en licenciaturas que poco tenían que ver con la suya: una asignatura de introducción a la Econometría que dan en Enfermería, el cuatrimestre de nociones de Estadística que hay que cursar en Biblioteconomía. Yo llegaba a nuestros encuentros con un bagaje de sobresalientes y matrículas, de seminarios y trabajos. Para aplastarla con discreción. Escultura con coleta también, sí. Solo que mejor.

Me explayaba contando un trabajo que había hecho sobre la Corte Penal Internacional, las fuentes que había consultado, lo que había leído de por qué Estados Unidos no firmaría nunca el Estatuto de Roma, las implicaciones del genocidio en Ruanda para el Internacional Público. En esas ocasiones el hombre me miraba con aprobación. Yo me recreaba en su mirada satisfecha, una sustancia pringosa y fermentada. Fue de las pocas veces que recibí un halago de su parte, un qué interesante esto que cuentas.

Era consciente de que el halago no era tal. No era para mí. Era más bien un artefacto puntiagudo dirigido a clavarse en la amiga cada vez más loca. El hombre lo hacía solo para que ella se sintiera insignificante. No me ensalzaba a mí, humillaba a la de enfrente. Pero qué más me daba. Era demasiado intenso el arrobo, el éxtasis, el deleite.

¿Quizá le gusto?

¿Puede ser que lo merezca un poco?

¿A lo mejor sí me quiere?

En otras ocasiones me clavaba a mí el halago que dirigía a otras. Nunca a alguien de carne y hueso. De esas no había ninguna a nuestro alrededor más allá de la amiga hermana que se situaba ya muy abajo a ojos del hombre. Por debajo de mí. Incluso, a veces pensaba que por debajo de mi madre.

Lo hacía con mujeres articulistas, analistas de políticas públicas, profesoras de Constitucional que salían en la tele. Lo hacía cuando preguntaba qué materias me gustaban más, hacia dónde se inclinaba mi vocación. Cuando me confiaba y pensaba que podía responder lo que de verdad me interesaba sin pensar en lo que él querría oír y decía, me gusta el Derecho Internacional Público, la teoría de los Derechos Humanos de tercera generación:

Silencio.

Silencio.

Silencio.

No seas infantil. Tú eres más inteligente que todo eso.

Silencio.

Mira a fulanita, la profesora de Mercantil.

Silencio.

Mirada de desprecio.

Asco.

Cuando eso pasaba, llegaba con un fardo de logros al siguiente encuentro con la amiga chacha. Para hundirla bien abajo. Para asegurarme de que, aunque yo no estuviera en la cúspide, tampoco estaba en el averno. Para luchar por mi pertenencia a ese rango intermedio. La amiga cada vez más loca me daba una y otra vez esa oportunidad.

Me lo ofreció en bandeja un día que mi padre nos invitó a cenar. Mi hermano no estaba, seguía viviendo en el pueblo de costa y ese fin de semana no le tocaba con el hombre. Celebrábamos el treinta y tres cumpleaños de ella.

La amiga hermana quedó en ridículo: no había leído a Huntington, no sabía lo que era la teoría sobre el choque de civilizaciones. Solo decía lugares comunes como, es el dinero lo que mueve todo. O también, la economía es lo que rige el mundo. Mi padre no la miró. Cuando hablaba, él giraba la cabeza y se volvía hacia la calle.

Al terminar la cena salimos del local. La amiga chacha se quedó rezagada junto a los platos sucios porque no atinaba con el abrigo. Se retorcía en una contorsión grotesca sin encontrar la manga. El hombre y yo ni siquiera la esperamos en la puerta de salida. La veíamos encogerse desde fuera, a través del cristal del restaurante. El abrigo arrastraba por el suelo, inclinado como una vela desarbolada. Un camarero intentaba recogérselo.

Cuando al fin salió, se colocó en silencio a nuestro lado mientras mi padre y yo terminábamos la conversación. No levantó la mirada del suelo, como si a la amiga se le hubiera encajado la barbilla en el hueco del que salen las clavículas. El beso de despedida se lo tuve que dar en la coronilla. Sentí pena. Algo de angustia.

Ella cada vez más loca, yo cada vez más perversa.

## 48

Nunca pensé que sería Reme la que me contaría el divorcio de mis padres. Un viernes que bajé al pueblo, pasé a darle un beso al llegar de la estación y le vi muy mala cara.

Ay, niña, que qué me pasa, que qué me pasa... Mira, ni me preguntes porque no quiero mentarlo. Ni mentarlo quiero, vamos.

¡Que no!

¡Que te he dicho que no me preguntes! No insistas porque me pongo mala nada más que de pensarlo. Mira, mira: tócame aquí en los pulsos, que es que se me desboca la tensión y los pálpitos y todo.

¿No te digo que al tontolaba del marido de mi niña le ha visto la comadre el domingo con una en el Havanna tomando copas? Mira, es que lo veo y lo estampo, escúchame lo que te digo. Lo veo y le doy de bofetones así, pin pun pin pun hasta dejarlo tieso.

Pero ¿cómo que a lo mejor es una amiga? ¿Cómo va a ser una amiga? Mira, no digas tonterías que todavía el mamporro te lo llevas tú, ¿eh? No digas chaladuras, una amiga, una amiga va a ser… Que estaban los dos en la barra y ella tocándole así en el pecho, dice la comadre. Y luego que si él se inclinó a decirle no sé qué al oído. El domingo. Mi niña trabajando en el bar como una loca, friendo boquerones y salmonetes y calamaritos, y el hijoputa este, que a mí no me gustó ni un pelo desde el principio, el hijoputa este de copas con una pelandusca.

Ay… para qué me has hecho hablar, que me están entrando hasta temblores en las manos. Me voy a tener que hacer una tila. Mira, mira qué temblona estoy.

¡Quita de ahí, hombre, que no sabes ni dónde tengo las cazuelas para calentarme el agua! ¡Quita, que la tila me la hago yo! ¿Quieres tú una? ¿Hago también para ti?

Y yo no sé qué hacer, nena, no sé si decírselo a mi niña o no, yo qué sé. Fui a preguntarle a tu madre, ¿no te lo ha dicho? Pues sí, fui a preguntarle porque pensé que ella me podría decir, que podría aconsejarme. Le dije, ¿a ti te hubiera gustado que alguien te lo hubiera dicho antes de enterarte tú como te enteraste? Y me dijo que sí, ¿sabes? Que hubiera preferido que alguien se lo hubiera dicho, pero yo es que no sé qué hacer. Hay que ver, valiente hijoputa que como lo vea lo mato, fíjate lo que te digo.

¿Cómo que por qué le he preguntado a tu madre? Mira, no te hagas la tonta que no estoy para gracietas ¿eh? No te me hagas la tonta, no te me hagas la tonta.

Ay niña, ¿cómo que por qué tu madre? Nena, no seas pesada, ¡pues por lo de tu padre!, ¿por qué va a ser?

¿Cómo que de tu padre tú no sabes nada? Vamos a ver, Julia, hija, vamos a ver ¿pero de verdad me estás diciendo que tú no sabes nada?

Hostia, no me digas que he metido la pata. Ay, madre mía de mi vida, por favor, lo que me faltaba. ¡Para qué hablaré yo! ¡Para qué hablaré! Si es que para qué diré nada.

Pero niña, vamos a ver, ¿tú por qué crees que se divorciaron tus padres?

Y entonces le dije a Reme lo que mi madre me había contado cuando tenía cuatro años. Que ellos eran muy diferentes. Solo eso. Que a mi padre le gustaban los caramelos de limón y a ella los de fresa. Que a él le gustaba la montaña y a ella la playa y por eso, para ser felices, tenían que estar separados.

Reme estalló en una carcajada. Por la risa abierta se le fueron la tensión, los nervios, los temblores, los pálpitos.

Los caramelos de limón, dice. Pero niña, ¿tú eres tonta?

Ay perdóname, nena, que soy muy burra, ya lo sabes. No, tonta no, que tú no eres tonta, cómo vas a ser tonta, que no, que me he explicado mal. No llores, nena, no llores. A ver, lo que yo quería decir es que si tú, no te digo ya de chiquitilla, pero así ya de más grande ¿no te había dado por pensar que eso de los caramelos no podía ser? ¿No? ¿No te ha dado por pensarlo? Bueno, niña, no pasa nada. Cada una hace lo que puede y de verdad que tú tonta no eres, no te preocupes.

Ah no, eso sí que no. No, no, no, no. No me hagas a mí contarte qué fue lo que pasó porque eso es cosa de tu madre y si ella no ha querido contártelo, pues por algo será. ¡Que no me tires de la lengua, niña! ¡Que me dejes de si tiene que ver con lo del hijoputa de mi yerno, que me dejes en paz te digo!

Ay, pero no llores así, nena… que si lloras se me parte el alma, Julia. Trae para acá que te limpie esos mocos y esas lágrimas, que te vas a poner perdida la camisa tan bonita que llevas, anda ven para acá.

Mira, te voy a decir una cosa, ni se te ocurra decir una palabra de que yo te lo he dicho ¿me entiendes? Ni una palabra, que como me venga luego tu madre que si yo esto o lo otro es que no te vuelvo a hablar en la vida, ¿me escuchas? ¿Tú me escuchas bien lo que te estoy diciendo?

Bueno, ea. A mí lo que me ha contado tu madre es que un día que él estaba de viaje, revolviendo ella en los papeles del despacho de tu padre, pues fue y se encontró una orla de graduación de una gente que ella ni conocía ni nada. Por detrás estaban todos los nombres y resulta que había uno de una chica que tenía alrededor un corazón dibujado. Y debajo del nombre ese que tu madre no conocía y del corazón, estaba escrita una dedicatoria que decía, yo qué sé, algo así como «Sin ti no hubiera sido posible. Gracias por todo» o «Gracias por tu apoyo, sin ti no lo hubiera conseguido» o una cosa de esas. Digo yo que la del nombre y el corazoncito, pues tendría que ser la amiga esa que tiene tu padre, ¿no?

En ese momento Reme hizo un gesto con las dos manos en el aire. Las abría y las cerraba como si le dijera a alguien, vente para acá, de manera muy exagerada. Me volví a mirar a quién le estaba diciendo que viniera con esa ansia hasta que me di cuenta de que con las manos estaba haciendo unas comillas gigantes. Entonces comprendí que era la palabra amiga la que ella quería que se quedara en medio de sus dos manos. Unas comillas tan grandes como entendía que requería la situación.

Pensé, se libró mi madre. Al final es otra la que se está volviendo loca.

Le di un abrazo a Reme. Le di las gracias, le dije que no se preocupara, que yo no iba a contar nada a nadie y me despedí.

Cuando abría la puerta de su patio para salir a la calle me llamó de nuevo.

Chist, chist, nena, ven para acá, acércate un segundillo, acércate, que te tengo que decir una última cosa.

Y muy bajito: a tu hermano no vayas a decirle nada de todo esto, ¿eh? Ni una palabra a tu hermano, pobrecito, que no quiero que sufra ni que se entere él de lo que no tiene que enterarse, ¿me escuchas?

Bueno, pues eso. Ale, buenas noches.

## 49

Dos años de notas excelentes, de expediente inmaculado, de no llegar nunca tarde a la facultad, de no perder ninguna clase. Dos años de no drogarme, no emborracharme, no ir con ningún chico, dos años de clausura para ganarme mi propia confianza.

No fue hasta el tercer año de carrera que empecé a salir alguna tarde. Y algún fin de semana. Solté un poquito de correa cuando me aseguré de que podía tener buen expediente y divertirme de vez en cuando. Que era compatible cumplir con lo que el hombre esperaba y soltar la soga un poco en su ausencia. Solo tenía que mentir, como siempre. No era difícil.

Salía con un grupo pequeño en torno a la chica que se había empeñado en ser mi amiga a pesar de las excusas y las mentiras. Ella era alegre, resuelta, nos conseguía mesa en cualquier bar porque a los camareros les decía, ¿seguro que no hay un huequito por ahí que nos podamos meter nosotras? Mira, si no ocupamos nada, míranos. Anda... déjanos pasar.

Al principio casi nunca me apetecía quedar con ella. Lo hacía porque no tenía más remedio. Pero con el tiempo empecé a disfrutar de los ratos que pasábamos juntas. Yo había leído más que ella, conocía más directores de cine y más pintores y más políticos. A ella le encantaba escucharme y darme la posibilidad de que lo pusiera de manifiesto. Eso, que a la mayor parte de las chicas que conocía les daba igual, a ella la atraía profundamente hacia mí. Me había salido mi propia oportunidad de establecer un vínculo de Pigmalión. A veces me preguntaba, ¿tú por qué sabes tantas cosas? Y yo le hablaba del hombre que era tan culto. A ella también le parecía que yo tenía mucha suerte con el hombre, tan listo, tan elegante.

En tercero de carrera, cuando terminamos los exámenes de primavera me invitó a pasar unos días en París. Allí vivía su hermana. Podíamos quedarnos en su casa, que estaba a media hora en cercanías de la estación de Les Halles. A mi padre le pareció bien el viaje, pensó que podía ser formativo.

No quería gastar mucho dinero y en París todo era carísimo. Había hecho cuentas y quitando el precio de los billetes de cercanías, los ingredientes para el sándwich de cada mañana y el de cada noche, las postales que tenía que mandar a mi padre y los sellos, solo me daba para dos museos: el Marmottan y el Pompidou.

El primero le gustaba mucho al hombre, el segundo le parecía una soberana memez. Así que le conté que habíamos ido al Marmottan y al Orsay. Me aprendí muy bien una lista de quince cuadros que había allí expuestos para poder recitárselos por teléfono. Todavía recuerdo cinco o seis de aquella lista:

Qué maravilla el Orsay, papá.

Uno de mis cuadros preferidos ha sido el del ángelus de Millet.

Bueno, y el autorretrato de Van Gogh, impresionante.

El almuerzo sobre la hierba de Monet también me ha gustado.

Y las amapolas de Monet. Preciosas.

Qué delicadeza la clase de baile de Degas.

En mi lista había otro de Monet, pero ya no me acuerdo del título. ¿Sería uno con un pajarito en la nieve?

El día del Pompidou, mi amiga y yo nos quedamos mucho rato delante de una escultura de Giacometti. Una mujer rugosa y gigante que nos miraba desde arriba, que se arrojaba hacia el frente con decisión, pero sin rostro, sin pelo, sin reparar en el resto. Yo miraba a Giacometti, la amiga Pigmalión me miraba a mí como si fuera a abrírseme un torrente de luz que pudiera iluminarla a ella también. En eso me crecía. Hablábamos del arte, de lo sublime del arte, de lo conmovedor del arte.

Después íbamos a bares oscuros y llenos de humo. Ella miraba a todos los chicos de alrededor dispuesta a decir, nosotras cabemos en cualquier lado, mira cómo somos, si no abultamos nada, seguro que hay hueco. Me decía, te has fijado en aquel de allí o atenta a ese de allá o nos mira el de la esquina.

Enseguida empezaba a sentirme incómoda. Le decía, date prisa, que perdemos el RER. Venga, que no llegamos al último tren, tenemos que irnos que no llegamos, vámonos ya. No me quedaba tranquila hasta que nos sentábamos en el vagón y empezábamos a cantar en español. Nadie nos hacía caso. No parecíamos graciosas, ni resultábamos molestas y eso nos daba más risa y más ganas de seguir cantando, cada vez más alto, a ver hasta cuánto podían aguantar los parisinos sin levantar una sola ceja. A veces todos me parecían mi padre.

Para mantener ese halo luminoso en torno a mí, inventaba que había leído más de lo que había leído en realidad o había visto más películas de las que había visto en realidad. Sin ese halo no era nada. No quedaba nada.

Si un día venía a contarme que otra amiga suya se iba de voluntariado a un país extranjero o que su compañera de residencia hacía algo que la convertía en más interesante, más aventurera, más atractiva que yo, me sentía insignificante. Pasaba a inventarme más lecturas y conferencias, despreciaba lo de la otra amiga, le quitaba importancia, sentía dolor, celos, auténtico tormento. A veces leía el periódico para ella, visitaba una exposición para ella. Para después contárselo, para seguir pareciéndole la más interesante, para mantener mi halo.

Ya no ponía excusas para no quedar. Habíamos conseguido un ritmo de encuentros que nos encajaba a las dos. En cambio, sí que mentía para no prestarle cosas. Vestidos, porque me los devolvía tarde, con el bajo descosido, a veces con agujeros por la quemadura de un cigarro. Libros, porque me los devolvía tarde o nunca, con las esquinas dobladas, las tapas arrugadas, algunas partes subrayadas en rojo. Nunca me quejaba. Nunca le decía, joder, tía, no seas guarra, cuida las cosas que te presto. Simplemente mentía para no prestárselas.

Fue también en tercero de carrera la primera noche que salí en la ciudad después del día de los pantalones de terciopelo. Iba con la amiga Pigmalión y otras tres chicas de nuestra clase. Nada más entrar en la discoteca, pusieron una canción que solía bailar antes de la universidad, antes de mudarme, cuando salíamos después del botellón y Tomás me esperaba a las tres de la madrugada para llevarme a casa. Empecé a bailar. No sé por qué en esa ocasión me dio igual el dinero, la gente, las miradas, la amiga, las otras tres amigas, mi ropa, el calor que hacía, que las suelas se quedaran pegadas al linóleo, el humo del tabaco, que me quemaran con un cigarrillo, que me tiraran una copa encima. Solo quería bailar, que no acabara nunca la canción, que el volumen me entrara por dentro. Movía todo el cuerpo, sentía que reventaba de alegría, se me relajó la cara, el cuello, los brazos, las caderas, el cuero cabelludo, me deslizaba en un disfrute suave y electrizante a la vez. Cómodo, perfecto.

Ellas se pusieron a mi alrededor a jalear, a tocar palmas, a bailar conmigo y se abrió el cielo por encima de nosotras. Bailamos muchísimo. Esa madrugada, ya en la cama, con dolor de pies y cosquilleo en las piernas, con un zumbido en los oídos, recordaba el frenesí del baile, el disfrute entre nosotras y para nosotras. No pude dormir. Solo quería que llegara el siguiente fin de semana y poder repetir aquello mismo.

## 50

Después de que a mi abuela se le atascara la mierda pasé a ser yo quien llamaba al hombre cada día. La hora de la llamada se retrasó hasta las diez de la noche.

Por un lado, el nuevo horario me daba margen por las tardes. Pero cuando empecé a salir con más frecuencia, a las diez menos cinco tenía que prepararme. Al hombre nunca le parecía bien que anduviera por ahí a esas horas de la noche, Dios sabe dónde. Mi obligación era estudiar, rendir, concentrarme y para eso tenía que acostarme pronto. Para eso pagaba él esa universidad.

Sitios de los que me salí a las diez menos cinco minutos a partir de tercero de carrera:

Del cine.

Del teatro.

Todas las tramas a la mitad.

Mi amiga Pigmalión o el chico sin madre intentaban ponerme al día, contarme lo que había pasado –da igual, no te preocupes, no importa–.

Al cine podía volver a entrar.

Al teatro no, una vez salía me quedaba fuera esperando a que terminara la obra.

De bares.

De conciertos.

De restaurantes.

Las croquetas frías.

Los huevos rotos hechos una plasta.

Los hielos deshechos, la copa aguada.

La cerveza sin gas.

Si éramos varios los que íbamos a cenar me salía del bar y el resto seguía. Pero si solo éramos dos, empezábamos a cenar a las ocho –yo, mi acompañante y algún turista esperando a que abriera la cocina–, para que a las diez ya hubiéramos terminado y no tuviera que dejarle media hora en la mesa mirando al vacío mientras yo hablaba con mi padre.

Buscaba rincones silenciosos unos minutos antes de las diez. Localizaba el ropero profundo al principio de una fiesta, el recoveco dentro del metro, un portal muy retranqueado en medio de la calle. La mano que no sostenía el teléfono hacía de pantalla alrededor del auricular para amortiguar el ruido ambiente. Que no pasara ninguna moto, ninguna ambulancia, que nadie diera gritos por la calle.

Me metía en retretes, apretaba los dientes y los párpados cuando entraba otra persona y hacía chirriar la puerta contigua a la mía. Entonces el hombre preguntaba, qué es eso, hija, dónde estás. Yo colgaba rápidamente, hacía como que se cortaba, como si de pronto se hubiera ido la cobertura. Apagaba el teléfono para que él tampoco pudiera llamarme y no lo volvía a encender hasta que salía la chica del retrete de al lado.

Sal ya de una maldita vez, hija de puta. Termina ya y pírate, joder, repetía por lo bajo.

Cuando por fin se iba y volvía a llamar, colocaba otra vez la mano pantalla alrededor del teléfono y decía, uy qué raro, me he quedado sin cobertura en la residencia, perdón, no sé qué ha pasado, perdona la interrupción, papá.

Muchas veces si el plan era demasiado complicado, renunciaba directamente.

Cómo será la lista de los viajes que pude haber hecho y no hice.

Los encuentros que dejé pasar.

Las charlas a las que no asistí.

Las fiestas que me perdí.

Los nombres de la gente que decía que me acompañaba cuando en realidad estaba con un chico. Un chico sin madre, un chico de infancia difícil, un chico pobrecito.

## 51

Un domingo mi padre me recogió en la residencia para ir a comer sopa y pescado blanco a un restaurante chino de lujo. Nada más subirme al coche dijo que había dado por terminada su relación con la amiga hermana. Eso dijo. No la verás más porque he dado por terminada cualquier relación con ella.

Dieciséis años, tres meses y un día después. Ese día, el hombre se cansó de aquella versión de esculturita con coleta.

Se estaba poniendo mohosa. La abandonó a la intemperie en una orilla cualquiera, entre unas ramas y unas piedras. Junco reseco, hueco de afecto.

La llamé al volver a la residencia. Por teléfono me dijo que estaba ingresada en un centro porque había tenido problemas de los nervios.

Quería ir a verla para despedirme. Eso fue lo que dije: ir a verte para despedirme. En realidad, quería confirmar su declive. Buscaba la evidencia definitiva de que ya no estaba a la altura. Que solo quedaba yo. Que, de todas, solo quedaba yo. La más lista, la que sacaba mejores notas, la superior al resto.

Al siguiente fin de semana fui a verla. Antes se lo conté a mi hermano. Contestó, pues vaya, pobrecilla. Nada más. Mi padre no le había contado nada.

Al llegar al centro me dijeron en la recepción que podía subir a verla, que estaba mejor y me estaba esperando. Seguí a una auxiliar hasta su planta.

Se la oía desde el pasillo. Al principio sonidos deshilvanados. A medida que nos acercábamos a su habitación, palabras sueltas. La puerta estaba a medio cerrar. Cuando entré estaba en pleno:

¿Dónde he puesto el boli? El boli bueno, el bolígrafo del Banco Pastor que me regaló el director de la sucursal. Ese boli me encanta porque escribe tan de corrido.

Al verme lo primero que dijo, antes de hola, antes de cómo estás, antes de qué alegría verte, lo primero que susurró fue:

Lo que pillan, me quitan todo lo que pillan. Y ese era mi boli preferido, el único que me sirve para escribir la tesis ¿sabes? No puedo terminar la tesis sin ese bolígrafo y es que estoy a punto de terminarla, Juli. A punto, a punto, a punto. No me queda nada. Tengo que llamar a mi director para decirle que el año que viene la leo, que he avanzado mucho y está casi lista. Estoy muy contenta.

De pronto se le torció el gesto, le cambió la voz. Gritando dijo:

¡No me mires así, que sí que la voy a acabar, jolines!

¿Cómo que no me miras de ninguna manera? Sí, sí. Sí que me miras, sí. Sí que me miras de alguna manera, no digas que no, de la manera que me miráis todos, que creéis que estoy loca y que no voy a terminarla nunca.

Se dio la vuelta, como si no quisiera que le viera la cara. Empezó a gimotear y a moverse alrededor de la habitación hasta que se sentó en la butaca.

Después de otra pausa dijo en el tono dulce que le recordaba, recuéstate tú aquí en la cama. Y quítate el abrigo, que vas a pasar calor. Muchas gracias por las flores, qué bonitas son, mira, déjalas aquí en la mesilla, que luego las meto en agua.

Y tú, cuéntame, ¿cómo está tu hermano? ¿Qué tal tus notas? ¿Cómo va el curso? Me miraba embelesada, como la prolongación del hombre al que adoraba, como si fuera una figura milagrosa.

En aquel momento no tenía sentido abrumarla con mi expediente y contesté que todo bien, sin más detalle, sin más mérito, sin más alarde.

Como se hizo un silencio, empezó a susurrar de nuevo:

Estoy preocupada, porque me lo roban todo. Tengo miedo. El broche de los pavos reales, el bueno que te gustaba a ti de pequeñita, ¿te acuerdas? Ese que me pedías para tocarlo a veces. Eras tan buena, ni te lo ponías ni nada, solo querías tenerlo en tus manitas un rato, tocarlo con mucho cuidado. Pues me ha desaparecido.

Se quedó mirándome de pronto, proyectando sus ojos a través de mi cráneo, la mirada colgada en el vacío. Se acercó a tocarme la cara. Me dio un poco de miedo y un poco de asco. Sonreía de nuevo. Ella llevaba la coleta de siempre, pero con muchos mechones sueltos.

¿Cómo está tu padre, qué tal está? Me tiene preocupada, ¿no te has dado cuenta de que le pasa algo? ¿No le ves, así más serio, más compungido? Cuéntame cómo está.

Pero no me dejaba decir nada. Inmediatamente seguía:

El tiempo que esté yo aquí tienes que acordarte de comprarle el champú anticaída que le gusta. No es fácil de encontrar porque solo lo venden en una peluquería que hay cerca del metro Florida. En otros sitios no hay. Es que es un champú profesional ¿No te has dado cuenta de que de un tiempo a esta parte se le cae mucho menos el pelo? A que sí, ¿a que lo tiene más fuerte? Lo único malo es que se gasta enseguida ese champú, el bote es pequeño y él no va a saber dónde comprarlo.

Aquí no voy a quedarme mucho tiempo de todas formas, porque cada día estoy mejor y además tengo que ir a ver a mi director de tesis. Tengo que fijar la fecha para defenderla. Para primavera, yo creo. Ya te avisaré, porque me hace mucha ilusión que vengas. Si tú puedes, claro, si no te pilla mal de exámenes.

Hurgó en el bolsillo de su chaqueta buscando un caramelo de eucalipto que no encontró.

Hasta los caramelos me desaparecen, ¿ves? Tú lo ves, ¿no? Eres testigo, lo estás viendo con tus propios ojos.

Dio dos pasos hacia el armario. Se soltó la coleta, sujetó la goma entre los dientes, echó la cabeza hacia atrás. Estiró el pelo despacio para recogérselo de nuevo. Usaba los dedos de cepillo, se le habían puesto con forma de ganzúa. Se quedó al lado de la mesa camilla. Pasó la mano por encima del tapete de ganchillo, de un lado a otro, como planchándolo, estirando cada arruguita, levantando el ramo de flores y volviéndolo a apoyar en la mesa.

Claro que sí, me dijo, por supuesto que puedes pasar al baño, ¿cómo no? Mira, es justo esta puerta de aquí. Vas a ver que no es muy grande, pero por lo menos está dentro de la habitación y no tengo que salir al pasillo.

Quería mojarme la cara y tomar algún trago de agua, a ver si desaparecía el estorbo que sentía en la garganta. El baño era tan estrecho que parecía un ataúd puesto de pie, con el retrete lleno de manchas amarillas y marrones. Olía a cañería. No pude respirar hondo.

Julia, ¿estás bien ahí dentro? Tardas mucho… Por cierto, que no se me olvide acercarme al comedor y avisar de que te quedas a comer para que puedan tenerlo en cuenta en cocina. Tiré de la cadena para que sonara algo. Cuando se aplacó el agua oí que decía:

Ssh, ssh, qué suena, qué es ese ruido. No, el de la cisterna no, calla, calla. Es de la habitación de al lado, ya le están entrando a limpiar a mi vecina de la derecha. Pues la siguiente soy yo entonces.

Sal, Julia, corre. Sal rápido. Deprisa, ayúdame a guardarlo todo, que no tengan nada que les tiente a la vista. La bata, la bata nueva que me ha traído mi madre, que me dijo que era buen género. Métela, ahí. Sí, sí, ahí en ese cajón. Más adentro ¿no ves que asoman las mangas?

¿Cómo que no cabe? ¡Tiene que caber! Ay, que ya vienen ¿dónde metemos esta maldita bata? Debajo de la mesa camilla. Aquí la voy a meter, con los faldones hasta el suelo no van a ver que está escondida.

No me quedé a comer. Ya había confirmado lo que quería confirmar. Cuando entró la limpiadora fingí una llamada de teléfono, salí al pasillo para hacer como que hablaba con alguien y dije en voz alta, ¿pero ahora mismo tiene que ser? Es que he salido a pasar el día…

No me esforcé más con la mentira, total la amiga chacha desvariaba. Me asomé a la puerta y desde allí le dije adiós. Veía sus piernas de rodilla para abajo estiradas sobre la colcha, vigilando a la limpiadora y los faldones de la mesa camilla. El resto de su cuerpo y la cama quedaban ocultos por un tabique.

Asomó la cabeza de perfil y me dijo, ¿pero ya te vas?, y le contesté cualquier cosa desde el pasillo camino del ascensor.

Vomité en la puerta. En el autobús pasé todo el trayecto de vuelta con los ojos cerrados, la cabeza apoyada contra el frío de la ventanilla y una náusea perpetua, aunque ya no me quedaba nada en el estómago.

Hace poco la amiga hermana llamó a casa de mi madre. Era el número de teléfono que aún asociaba conmigo después de tantos años. La madre, la casa de la madre, el número de teléfono de la madre, el buzón de la madre: lugares donde nuestra pervivencia es inmutable.

Dejó su número y devolví la llamada. Tenía curiosidad por saber de ella y oír su voz. Hablaba muy deprisa, lloraba a ratos, me hablaba de las pastillas, de sus noches en vela, de despertarse a la hora de comer. Me preguntaba si el hombre tenía nueva pareja, me atosigaba con dos intentos de suicidio, con internamientos, soltaba aullidos extraños.

¿Qué hace la amiga hermana?

¿Se ríe?

¿Se ahoga?

Balbucea.

¿Se atraganta?

Me ha llamado más veces. No he vuelto a cogerle el teléfono nunca más.

## 52

Durante la universidad hablaba con mi madre al menos tres veces al día.

La primera llamada era desde el autobús, camino de la facultad. Solía coincidir con el momento en que ella terminaba de maquillarse, antes de ir a trabajar. Su voz me llegaba mal porque ponía el teléfono en altavoz y así, mientras hablaba conmigo, con una mano sujetaba el cepillito de las pestañas y con la otra el tubo de rímel.

La segunda vez que la llamaba era después de clase, ya de vuelta en la residencia. En ese momento ella estaba escribiendo actas y redactando informes. A veces la pillaba comiéndose una manzana y la conversación se llenaba de crujidos.

La tercera vez, justo antes de dormir. Si era un día que iba a salir o tenía algo importante, había una llamada extra para preguntarle qué me ponía, si el pantalón de campana o la falda vaquera o el vestido negro.

A medida que avanzaba la carrera, mi madre me parecía cada vez más tonta. Como si todas sus opiniones y sus juicios sobre las cosas fueran absurdos, evidentes, nada elaborados. Comentarios de peluquera, habría dicho mi padre.

Intentaba desplazarla a patadas del lugar centralísimo que había ocupado siempre para mí. Liberaba con ella unas tormentas de rabia que me dejaban exhausta. Sobre todo, cuando venía a verme. Si era yo la que viajaba al pueblo de costa, se me pulían las aristas del rencor con el mar, la vuelta a casa, el olor a salitre, el ruido de las olas, el nido.

En cambio, cuando ella venía, le gritaba, ¡no tienes ni idea!, con los ojos a punto de dispararseme como proyectiles. No digas bobadas, tú eres mucho más inteligente que eso que dices, chillaba con la vena del cuello a punto de reventar como un globo de sangre.

Ella resistía los embates con mucha calma. Con una calma incomprensible, respondía simplemente:

Pero hija, ¿por qué te pones así? Si solo estamos comentando si el coste de la autopista nueva se tiene que pagar con impuestos. O si tienen que ser los usuarios los que lo paguen a través de un peaje.

No entiendo por qué esto es tan importante para ti. Por qué te enfada tanto. De verdad que no entiendo nada.

Yo solo podía contestarle, desde luego. Desde luego que no entiendes nada, no tienes ni idea, eso es lo que pasa, que no te enteras de nada, no sabes lo que dices.

Cuando nos despedíamos la abrazaba. La abrazaba porque la quería, pero también porque quería despedazarla. La echaba de menos y la despreciaba al mismo tiempo. A veces me sorprendía con un argumento que parecía inteligente, que no me esperaba, que me pillaba desprevenida. Entonces le respondía con más furia todavía, desafiada por una reflexión cualquiera. Le gritaba tanto que teníamos que salir de bares, de restaurantes, de tiendas.

De camino a la residencia repetía en mi cabeza una y otra vez la discusión que habíamos tenido. Se me ocurrían nuevos argumentos que ensayaba por lo bajo en el vagón del metro para escupírselos al día siguiente. Al llegar a la habitación me dolían las mandíbulas de tanto apretarlas.

No se enteraba de nada.

## 53

Mi hermano seguía viajando a la ciudad una vez al mes para ver al hombre. El viernes que le tocaba venir, quedaba con mi padre para ir a recogerle a la estación y pasaba con ellos el resto del fin de semana. Nos separábamos solo para dormir: yo me volvía a la residencia y ellos al piso céntrico.

A media mañana de un viernes que venía mi hermano, el hombre ingresó de urgencia en una clínica. Se le había estrangulado una hernia abdominal y tenían que operarle inmediatamente. Me avisó por teléfono, dándome algunas instrucciones con mucha contención: ve a recoger a tu hermano, id al piso céntrico, el portero tiene llaves, que os las dé, él os conoce, no habrá problema, le explicáis la situación. Entráis en casa. Hay un sobre para hacer sopa instantánea en el armario, pan de molde integral, puede que algún huevo. Con eso tenéis para cenar esta noche. Mañana venís al hospital y si Dios quiere y todo ha ido bien, os doy dinero para que comáis y cenéis en el restaurante que está a la vuelta de casa.

Recogí a mi hermano en la estación y esa noche, por primera vez desde hacía años, dormí en el piso céntrico para no dejarlo solo. Tardé mucho en cerrar los ojos y me desperté sobresaltada varias veces. No me atrevía a moverme en aquella cama, no quería cambiar de postura, ni ahuecar la almohada. A la mañana siguiente le preparé a mi hermano un vaso de leche y una rodaja de pan de molde con mermelada de fresa sin azúcar. El brick de leche abierto y el tarro de mermelada eran lo único que había en la nevera del hombre. Cogimos el metro para ir al hospital. Saqué un bono de diez viajes para que nos salieran más baratas las dos idas y las dos vueltas.

Mi padre estaba recuperándose, la operación había ido bien. Era un hospital privado, así que tenía una habitación para él solo, con antesala, un par de butacas y una mesita de centro. Más al fondo su cama, detrás una ventana. El hombre estaba reclinado con la sábana retirada a sus pies. Tenía una venda en la parte baja del abdomen, debajo de la venda había un agujero, más abajo una redecilla metálica. Saber que su carne estaba ahí, expuesta de algún modo, me daba asco. Un asco singular, específico, distinto a la repugnancia que había sentido otras veces viendo una herida abierta o un grano o comida podrida. Me perturbaba verle con el abdomen medio al aire, las vísceras tan accesibles.

Cogí los billetes que nos dio para comer y cenar, los metí en el bolsillo del pantalón y descolgué el abrigo para salir. Mi hermano se quedó mirándome uno o dos segundos más del tiempo que define una mirada neutra. Fui a la antesala para coger el bolso y vino detrás de mí.

¿Pero qué haces?, me dijo.

Pues coger mis cosas, contesté. Vámonos ya, aquí no hacemos nada. Yo tengo que estudiar este fin de semana, podemos comer en el sitio que dice el hombre y nos vamos al piso.

Pero nos tendremos que quedar con papá por lo menos un rato, dijo mi hermano. Y además alguien tendrá que dormir con él aquí esta noche.

Quedé al descubierto. La hija que se va antes de tiempo, que deja tirado al hombre otra vez. Me quedé mirando al suelo unos segundos. Solté el bolso y dejé caer el abrigo. Le dije a mi hermano que bajara a la cafetería a comer algo, que me subiera un bocadillo o una ensalada o cualquier cosa, que yo me quedaba con el hombre el resto del día y de la noche.

A media tarde mi hermano se fue. El hombre pidió que me acercara, que le diera algo de agua. Le acerqué el vaso a la boca. Adelantó un poco la cabeza separándola de la cama reclinada. Le temblaban las comisuras, se le escurrió una gota que recogí con la servilleta. A las ocho ya había cenado. A las nueve me pidió que apagara las luces.

Una de las butacas de la antesala se reclinaba. Pedí una manta y una almohada, pero no dormí. Sus ronquidos retumbaban de lado a lado de la habitación.

## 54

En el último año de carrera deshice la soga por completo, solté la correa. Salí todo lo que no había salido los primeros años. Me quedaban unas pocas asignaturas optativas y otras de libre configuración. El expediente lo llevaba limpísimo. Estaba claro que al acabar la carrera haría un máster y tendría que encerrarme a estudiar de nuevo. Había elegido un posgrado de economía y finanzas, nada de Derecho Internacional, ni de Derecho Público, ni Derechos Humanos de primera, de segunda ni de ninguna generación.

Aquellos meses de final de carrera se abrían como la última oportunidad para el disfrute durante un tiempo. Las mentiras las tenía dominadas en solitario: los jueves voy a dar la cena a unos niños huérfanos que atienden las monjas, los martes de este cuatrimestre tengo un seminario de econometría para datos de panel que acaba tarde.

Bailaba tanto, dormía tan poco, cantaba tan alto que de sábado a miércoles estaba afónica. Recuperaba la voz el jueves por la mañana y el viernes por la noche la volvía a perder. Así semana tras semana, de diciembre a junio. El hombre, preocupado por mi garganta, me llevó a varias clínicas privadas a hacerme pruebas. No encontraron nada.

Había dejado atrás al chico sin madre que se enfadaba si sacaba mejores notas que él. Después de exámenes, cuando comprobábamos los resultados en el ordenador, metía mi usuario y contraseña diciendo en voz baja:

Que él haya sacado sobresaliente o matrícula.

Sobresaliente o matrícula, por favor.

Sobresaliente o matrícula.

Si no era así, su mal humor duraba semanas. Intentaba consolarlo y le repetía, pero si tú eres listísimo, qué listo eres, lo que pasa es que memorizar no se te da bien, ni siquiera te gusta, ni siquiera te importaba esta asignatura.

Todas las fiestas. Todas las salidas, todas las cervezas y bailes los compartí con el chico al que un día dejé sangrando con mis arañazos. Después de la sangre aprendió a ir muy despacio. Me costó comprender que la razón por la que yo le gustaba no eran mis buenas notas, ni que supiera quién era Dante, ni que hubiera leído estos o aquellos libros. Le daba igual que mi padre fuera culto. Le gustaba porque bailábamos juntos y nos reíamos tanto. Decía que era muy graciosa, que era divertidísima, que qué simpática.

También le enternecía que algunas cosas no se me dieran bien. Él sabía, por ejemplo, que tenía pánico a conducir. Que me había sacado el carnet a la primera el verano cortísimo de padre, justo antes de comenzar la universidad, pero que no me atrevía a tocar el volante de un coche. Lo que más me atemorizaba era tener que parar en una cuesta porque un semáforo se pusiera en rojo y que, al volver a arrancar, el coche se deslizara hacia atrás. Que no lograra hacer el juego de pedales, que se me calara el motor, que detrás de mí una fila de coches empezara a pitar.

Sabía todo esto y me mandaba vídeos de gente a la que le pasaba como a mí. A veces los veíamos juntos, yo imitaba la cara de pánico de los conductores, la mueca que sería la mía si estuviera al volante. Me mandaba anuncios de coches nuevos que eran manuales, pero se convertían en automáticos para subir cuestas. «Mira, Juli, esto para ti». Protegía todo lo mío con ternura, con delicadeza, con complicidad. Cuando yo cogía anginas, nunca tenía miedo a contagiarse.

Aquel año liminal de vagabundeos por la ciudad, si ponían en la radio una canción que nos gustaba, el chico de los arañazos aparcaba en cualquier sitio, subía el volumen, salíamos rápido del coche dejando las puertas abiertas para bailar en la plaza, en una acera, en el bulevar.

Un fin de semana le invité a que viniera conmigo al pueblo de costa. Sabía que le encantaría la playa, aunque fuera mala, y el pueblo, aunque fuera feo. A los pocos minutos de llegar, Tomás y él ya se trataban con afecto, con confianza. Le había dicho a mi madre que tenían caracteres parecidos y, en cualquier caso, era mi amigo. Para Tomás eso era más que suficiente.

La noche que llegamos Tomás preparó una barbacoa en la terraza. Era final de primavera, anochecía más tarde y ya olía a jazmín. El cielo estaba completamente malva. Tomás descorchó una botella de vino bueno y después otra. Mi madre se fue a dormir a medianoche y nos quedamos los tres hablando hasta bien entrada la madrugada. Fui sacando chales y sudaderas a medida que caía el relente y se nos metía la humedad por dentro.

Es el primer recuerdo que tengo de Tomás en toda la carrera. Apenas había reparado en él durante los años previos, como si ya no hubiera vivido con mi madre, como si no me lo hubiera cruzado, como si el mindundi hubiera pasado a ser de quinta, de sexta, de novena, el colmo de lo insignificante. Cuando preparaba los exámenes de Constitucional y tenía dudas sobre las fuentes del derecho y las diferencias entre ley orgánica y ley ordinaria mi madre decía:

¿Por qué no le preguntas a Tomás? Él sabe mucho de eso. Él hacía leyes hija, ya lo sabes. Ha hecho muchas leyes en el Parlamento. Te puede ayudar.

Nunca le pregunté. No me interesaba en absoluto su criterio. No había nada que él pudiera aportarme.

Del último curso tengo otro recuerdo de Tomás. Como cada domingo, mi padre me había sacado de la residencia para invitarme a comer. Al entrar al restaurante vi que Tomás estaba en una mesa del fondo con otros dos políticos que, como él, habían sido importantes diez años atrás. Pasaba con mi madre unos días en la ciudad y aprovechaba para ver a antiguos compañeros.

Empezó a latirme el corazón en la garganta. No me atreví a saludarlo, me puse de espaldas al comedor. A mi padre no le iba a gustar encontrarse con él y mucho menos que yo le dejara solo para saludar al otro hombre. Empecé a suplicar por lo bajo:

Que mi padre no se dé cuenta ni Tomás tampoco.

Que solo yo lo sepa.

Que me dejen a mí la tarea de disimular, de ocultar la desafortunada coincidencia.

Que ellos puedan comer tranquilos sin reparar el uno en el otro.

Por suerte nos colocaron en el otro extremo del comedor, donde no hacía corriente, separados de Tomás por otras cuatro o cinco mesas. Comí poco. ¿Y si mi padre se levantaba al baño y le veía? ¿Y si Tomás salía a fumar y pasaba por nuestro lado y yo me ponía a mirar muy fijamente la lubina, pero aun así me acababa poniendo roja y mi padre se daba cuenta? ¿Y si tenía que hacer un contorsionismo extraño entre quien yo era y la que era cuando estaba con el hombre y me salía algo muy raro, hacía el ridículo y al hombre le daba asco?

Ninguno se levantó. No nos cruzamos. Pero cuando mi padre pidió la cuenta el camarero dijo que estaba pagada, que nos había invitado el señor del fondo.

Salimos sin decir nada.

## 55

A pocos meses de que terminara la carrera llegó mi momento de posar en una foto para la orla. Pedí dos copias, una para mi madre y otra para mi padre. No se la dediqué a nadie.

El siguiente fin de semana vino mi madre a la ciudad. Fuimos a buscar juntas un vestido para la ceremonia de graduación que se celebraba a final de curso. Ella traía algunos recortes con fotos de trajes que le habían gustado. Yo tenía apuntadas en una libreta un par de tiendas que quería ir a ver. Habíamos quedado en la primera.

Tardó en llegar. La esperé un buen rato en la puerta murmurando, siempre se retrasa, es incapaz de ser puntual, no me explico cómo lo hace para llegar siempre tarde. Cuando la vi torcer la calle y acercarse, estaba furiosa y se lo dije. Me contuve lo que pude, pero se me escurría la rabia entre los dientes: mamá, por qué nunca puedes llegar a la hora que hemos quedado, siempre tengo que esperarte.

Contestó algo como, no empecemos.

Me dio un abrazo y dijo que estaba muy guapa, que qué bonito tenía el pelo y que por dónde quería empezar.

Probé varios vestidos. Alguno muy caro, pero si a ella le gustaba y le parecía que me quedaba bien, decía:

No importa, Julia. Es tu graduación, yo te lo compro, hija, aunque sea caro. No pasa nada, cariño.

Yo negaba con la cabeza y lo devolvía a la percha. Ella me buscaba vestidos en tonos azul turquesa, azul cobalto, azul verdoso, porque decía que ese color me favorecía mucho. Yo me fijaba en los vestidos que le podrían gustar a mi padre.

Al final encontramos uno que cumplía las dos condiciones. Era azul azafata y al hombre podía parecerle elegante, discreto, con clase, con buena caída. Le gustaban mucho los tejidos con caída. El vestido tenía los hombros un poco armados y manga tres cuartos. Se ceñía en la cintura y la falda llegaba a la altura de las rodillas. La dependienta dijo, te da así un aire como de Katherine Hepburn, ¿no te parece? Entonces supe que al hombre le gustaría el vestido.

Mi madre también se probó algunos trajes. Al final decidió que se pondría uno de color verde botella con chaqueta a juego. Estaba guapísima con ese conjunto.

Pagó. Le di las gracias.

Sí, sí, mamá, estoy contenta con el vestido, muchas gracias.

Más que contenta me sentía aliviada por haber encontrado algo que confiaba en que a mi padre le parecería adecuado. Un trámite cumplido, una incógnita resuelta. Fuimos a tomar un aperitivo a la cafetería que estaba al lado de la tienda.

Y entonces dije:

¿Mamá, sabes lo que pensaba todo el rato cuando me estaba probando los vestidos? No pensaba si me gustaba a mí, si era de mi estilo, si me sentía cómoda, si me hacía buen tipo o caderas anchas o las piernas cortas. Lo único que pensaba es si le gustaría a papá. Ni siquiera pensaba en qué opinaría el chico con el que salgo, solo pensaba en lo que le parecería a papá.

Ah, ¿sí? ¿No me digas? Pues yo no, yo ya no pienso eso.

Lo he pensado durante muchos años, no te creas. Si a tu padre le gustaría esto o aquello o lo de más allá. Qué me diría sobre esto y lo otro. Pero ahora ya no, hace tiempo que ya no lo pienso.

Te tiene que gustar a ti, hija, eso es lo principal, que te guste a ti.

No dije nada, pero pensé, nos equipara. A mi madre le parece que nuestra relación con el hombre es comparable. Yo le cuento lo que me pasa y responde que a ella ya no le pasa. Nos sitúa en un plano equivalente. Durante el tiempo en que seguía enamorada, cuando él ocupaba la cúspide de su universo, mi madre pensaba en vestirse para él, agradarle, seducirle, elegía su ropa para él. Al decirme yo ya no lo hago no se da cuenta de que yo soy hija. Y ella no.

## 56

El último verano de la universidad pasé mucho tiempo con Tomás. Había enfermado una amiga de mi madre que vivía en otra ciudad. Ella se instaló allí varias semanas para cuidarla. Mi hermano estaba a punto de comenzar sus estudios en la facultad y hacía un último viaje con los amigos del colegio. Cuando terminó ese verano el pajarito voló y se mudó a la ciudad del hombre, aunque tampoco se fue a vivir con él. Esa vez el hombre no se enfadó.

Tomás se despertaba temprano y me esperaba en el porche para que fuéramos a desayunar juntos a la plaza del pueblo. Leíamos el periódico en la terraza del bar. Él tomaba dos cafés solos y una tostada con mantequilla, yo un té y bocadillo de jamón. Hablábamos de lo que nos iba a apetecer comer y cenar más tarde. De vuelta a casa parábamos a comprar lo que hiciera falta. Yo iba de comparsa, él me presentaba a todo el mundo porque conocía al pueblo entero.

Si tocaba ir a la carnicería, le tenían guardada una pieza de cadera muy tierna, muy jugosa. Si tocaba pescadería, le habían apartado unas cigalas fresquísimas de aquella misma mañana. Después de guardar la compra, me bajaba a la playa a leer mientras él hacía crucigramas o trabajaba en una maqueta de tren en la que había gastado buena parte de sus ahorros. Luego cocinaba. Sobre las dos íbamos juntos a tomar el aperitivo al patio de Reme. Cuando la gente del pueblo me preguntaba desde la baranda qué tal había terminado la carrera, él decía, ¿mi niña? Mi niña es muy lista, mi niña es que es la caña. Me di cuenta ese verano del orgullo con que hablaba de mí a otras personas.

Quise hacer un curso de economía internacional. Era un intensivo de dos semanas. A mi padre le gustó que eligiera ese curso, le pareció que me daría un buen bagaje para el máster, que era una buena forma de aprovechar el verano. La universidad que quedaba cerca del pueblo no era la mejor, dijo, pero algo es algo.

Durante esas dos semanas Tomás me llevaba a clase y me traía de vuelta cada día porque mi horario era de tarde y hacía demasiado calor para que estuviera esperando en la parada del autobús, decía. A la vuelta elegíamos de entre su videoteca una película para ver por la noche en el proyector de la terraza. Ese verano vimos muchas. Las que más recuerdo son *Doce hombres sin piedad*, *La soga*, *Ángel o diablo* y *Testigo accidental*. Le pedía que me grabara las de Tom Cruise y aunque aquellos títulos estropeaban su colección, nunca me lo dijo. Una noche vimos juntos *Un horizonte muy lejano*.

Mi amiga Pigmalión vino a verme unos días y se quedó a dormir en casa. Estábamos organizando un viaje para el final del verano y se reía de mí por ser demasiado previsora. Por preguntar a cada etapa que planeábamos, pero ¿y si perdemos el tren?, ¿y si el albergue no existe, que casi no hay referencias?, ¿y si nos llueve? Tomás estaba leyendo un libro cerca de nosotras y le chistó en broma. A continuación, también en broma, pero menos, le dijo, oye, con mi Juli no se mete nadie.

## 57

Al acabar la carrera, el chico al que arañé, el chico que me hacía reír, el que bailaba conmigo y contestaba, lo que tú quieras, hacemos lo que a ti te guste, eres tan divertida, me gustas tanto, Juli. El que escribía emails diciendo, día sin verte día tonto, el chico que me mandaba canciones, el chico de segunda, de tercera, de cuarta, el otro mindundi. A ese chico lo dejé por un profesor del máster que me hacía un examen tipo test cada viernes. El que tenía doce años más que yo, el que era subdirector cuando yo seguía siendo estudiante.

Cuando terminé el máster, cuando el profesor pasó a ser compañero, lo dejé por mi jefe en el primer trabajo que tuve. El que revisaba mis expedientes y decidía si lo había hecho bien o mal, si podía cogerme vacaciones o no, al que tenía que pedir permiso para hacerme unos análisis y llegar más tarde al despacho por la mañana. Me dejaba tulipanes en la mesa. Los viernes por la mañana encontraba unos poemas encima de mi teclado. En los versos se preguntaba si somos alfareros de nuestra propia vida o es esta una sucesión de felices casualidades. Era huérfano de padre desde los seis años.

Un día conocí a un chico con padre y madre. Exponía algunas fotos en un bar del centro y un amigo del máster le conocía de la universidad. Llevaba una sudadera gris con los puños algo deshilachados. Estaba de perfil, apoyado en la barra, con la cadera vencida hacia el lado, un pie en el suelo y el otro de canto con la suela casi montada en el empeine del otro zapato. Se reía. Ojos oscuros, labios amplios, sonrisa abierta. No se parecía a ninguno de los chicos que había conocido antes. Tenía padre, tenía madre, tenía inquietudes sociales y convicciones políticas fuertes. Era directo, no había imposturas, miraba muy de frente, muy fijo, muy a los ojos.

Había aprobado raspando una de las dos carreras que yo había estudiado. La universidad había sido para él, en primer lugar, pública. En segundo lugar, un semillero de revueltas estudiantiles, de manifestaciones contra el gobierno, contra la guerra de Irak, contra la reforma de la ley universitaria, contra la disminución del poder de los sindicatos. Le encantaba escalar, salir a la montaña y la música. No bailaba. Su buen humor no era inmanente. No le parecía bien todo lo que yo opinaba ni todo lo que hacía. No era un mindundi.

Me gustaba tanto, que al principio cuando salíamos juntos no lograba comer nada, no me entraba ni una almendra. Solo quería mirarle, ver cómo se movía, observar sus gestos, estar a su lado, replegar la cabeza en el hueco de su clavícula, besarle el cuello, la mandíbula, olerle. Siempre llevaba una cámara y me hacía fotos por toda la ciudad.

No estaba bautizado. Eso fue lo que preguntó mi padre cuando, por primera vez, le dije que salía con un chico. Exactamente su pregunta fue, cuáles son sus valores en lo religioso. Y contesté: no está bautizado.

Cuando nos fuimos a vivir juntos quise que mi padre le conociera. Lo habíamos hablado. Él sabía que mi relación con el hombre era rara, lo comprobaba a las diez de la noche con la llamada de cada día. Me había dicho que le ponía nervioso encontrarse con él. Pero había que hacerlo. Antes o después había que hacerlo.

No hubo lugar, mi padre dijo que no. Cuando se lo propuse por teléfono, con el estómago hecho un puro retortijón, me devolvió una excusa insustancial y deslavazada. No, el domingo por la mañana voy a misa, dijo. Sentí el mazazo. Propuse otro momento. No, tampoco, el domingo por la tarde tengo previsto estar en casa.

El mayor desprecio no fue que no quisiera conocerlo, sino que después de lo que yo me había esforzado con las mentiras durante años, él no se molestara en intentar que su excusa tuviera algo de verosimilitud. Me abofeteaba con su displicencia, con la humillación implícita: ni siquiera pretendo que creas que no puedo, date cuenta de que no voy porque no me da la gana.

Cuando colgué, el chico de sonrisa amplia me preguntó qué tal había ido la conversación. Vio mi cara y sugirió que igual el hombre era un gilipollas. Lo corté en seco. Le dije que él no sabía de lo que estaba hablando, le grité que no tenía ni idea, que mi padre era muy culto, que no se metiera donde nadie le había llamado, que mi padre era muy bueno, que hiciera el favor de dejarme en paz. Me metí en el baño, me mordí el nudillo derecho y luego el izquierdo.

Varios meses más tarde, a su tiempo, a su gusto, el hombre propuso un encuentro en el club de caballeros donde un busto de Franco saluda al visitante, donde cualquier otro hombre que no sea el socio que invita está fuera de lugar.

Era verano. Acabábamos de regresar después de unos días en el mar. Tumbados en la orilla de una playa sin gente, el chico de mirada fija había dicho como si nada que quería que nos casáramos. Yo también, contesté. Eso fue lo primero que le dije a mi padre, nada más sentarnos en la mesa redonda del salón ostentoso de aquel club. Antes casi de que se hubieran estrechado la mano y se hubieran dicho el uno al otro, hola, qué tal, cómo estás. Tenía prisa por decirle, llegas tarde, no te voy a dar ni la oportunidad de que le mires a los ojos antes de decirte, de entrada, que nos casamos.

Al salir, cuando dimos la vuelta al recodo de la calle y escapamos del rango de su mirada, cuando se nos relajó el diafragma y soltamos de un golpe el aire que llevábamos aguantando dos horas, nos abrazamos. Lo que más recuerdo son nuestras risas de después, tomando una cerveza en la terraza que ya compartíamos. Nos reíamos porque él no esperaba que yo contara la noticia tan de sopetón, tan desde el principio. Cuando me oyó se le abrieron las fosas nasales como las de un hipopótamo, decía, para tomar todo el oxígeno necesario en una estrategia de lucha o huida. A día de hoy cuando algo nos sorprende mucho y estamos con más gente, nos buscamos con la mirada y abrimos mucho nuestras fosas nasales como si fuéramos un mamífero semiacuático amenazado por un hombre.

Pensé que no cambiaría nada. Me equivocaba.

No mucho. No me equivoqué mucho. Solo un poquito. Seguía levantándome de todas las cenas a las diez de la noche, pero de algún modo sutil, percibía que su marcaje había pasado a ser menos intenso. No cuestionaba tanto cada decisión porque ahora también era la de otro.

Aun así, un día se me escapó una cosa. Dije por teléfono, mañana vamos a casa de María y Clara. El hombre sabía quién era María, le había hablado muchas veces de los viajes de trabajo que hacíamos juntas una vez al mes, de cómo nos turnábamos los expedientes de las entidades de crédito. Así que solo dijo, ¿pero y quién es Clara?, con una voz arrancada del abismo.

No supe contestar, me quedé callada.

¿No será la pareja de María?, se lanzó él.

Cerré los ojos, apreté los párpados, estrujé los dientes. Mierda, mierda, mierda. Cómo podía ser así de idiota, cómo podía seguir cometiendo errores tan burdos, bajar la guardia después de tanto tiempo, cómo podía haber dicho tan alegremente que íbamos a casa de María y Clara. Pedazo de estúpida.

Por ese error de niñata la conversación duró veinte minutos más. Veinte minutos de clavarme las uñas en la palma de la mano cuando me hablaba de la corrección moral, de los valores cristianos, de que no se me olvidara que soy cristiana. Veinte minutos del hombre advirtiéndome sobre nuestros viajes juntas y yo asegurándole que cada una dormía en su habitación, que estábamos en plena ola de austeridad, pero cada analista tenía su cama. Veinte minutos mientras se enfriaba la cena, se quedaba tibia la cerveza y hacía de mi mano un armadillo diminuto, un puño pequeñísimo y rígido.

Al cabo de tres semanas le dije que María se había cambiado de subdirección, que ya no estaba en política financiera, ahora trabajaba en cobros y pagos.

## 58

El día que nos casamos hice esa cosa horrible de que el hombre me entregara. Fue en el campo. Como el chico de mirada fija no estaba bautizado nos casamos así, sin cura y sin iglesia. En el camino hasta el risco donde él me esperaba –entre los olivos silvestres y las esparragueras y el lentisco y las verbenas que se iban enredando en el bajo de mi vestido–, iba acompañada por mi padre.

Cuando vi a mi novio al fondo del sendero sentí el impulso de soltarme del brazo del hombre y echar a correr. Pero contuve el movimiento centrífugo, me giré y le di un beso. Menos mal que recordé a tiempo la deferencia con el señor, la consideración con el dueño.

Mi madre estaba enfadada. Nada en torno a la boda había sido como ella esperaba.

A ver, hija, lo que tú quieras. Esto es como vosotros queráis. Pero las bodas de toda la vida han sido en el sitio de la novia. Pero vamos, lo que digáis. Lo que vosotros decidáis. Yo no digo nada, yo no me meto. Solo te digo lo que se ha hecho toda la vida.

Me preocupa que no hayáis tenido en cuenta que en el campo va a haber bichos y que va a hacer muchísimo calor. No sé, no parece lo más apropiado, la verdad.

Y luego esa idea que se os ha ocurrido de poner mesas corridas, sin distribuir a los invitados. Eso de que cada uno se siente donde quiera, eso sí que es un disparate. Eso no puede ser. Porque, además, ¿tu padre dónde se va a sentar?

Ten en cuenta que vendrá solo. Sí, ya, bueno, con tu hermano. Pero no le puedes dejar ahí en un rincón. Sin un sitio asignado. Y no puede ser un sitio cualquiera. Es el padre de la novia.

Hay que tener previsto un sitio deferente. Es cuestión de mínimo respeto. Vamos, que te tenga que decir yo esto. Parece mentira.

Si no están organizadas las mesas. ¿Qué va a hacer tu padre? ¿Ponerse en la esquina que quede libre?

El día de la boda, en la cena, mi madre me hizo llegar un mensaje. Mientras yo brindaba con la amiga Pigmalión y su novio y con el chico de los arañazos y su novia, alguien me tocó el hombro por detrás. Era Tomás, agachado, su cabeza inclinada hacia adelante. Justo detrás de él estaba mi madre sentada a la mesa sorbiendo una crema fría.

Que dice mamá que tu padre está muy en la esquina, que mejor le sientes a él y a tu hermano más hacia el centro, más pegados a ti. Que se muevan algunos de tus amigos que están en el medio y se cambien de sitio.

Me volví. Le miré y no dije nada. Él entendió perfectamente. No sé si le transmitió el mensaje, no sé si le respondió, que dice que la dejes en paz, que te vayas a la mierda, que si hace falta te mueras tú también, que no te enteras de nada.

No sé si se lo dijo porque solo se dio la vuelta y se sentó de nuevo al lado de mi madre. Los dos estaban de espaldas.

## 59

Después de la boda nos fuimos a vivir a Holanda. La excusa de unas excelentes oportunidades de trabajo puso, por fin, suficiente distancia geográfica de por medio como para que la vida comenzara a parecer que era mía. Poder escoger casa lejos de todos, comprarme una bici lejos de todos, embarazarme lejos de todos, ir a las pruebas médicas lejos de todos, abortar lejos de todos, parir lejos de todos. Vivir en otro país fue lo más parecido a que todos se hubieran muerto.

La primera vez que me quedé embarazada la ansiedad empezó a devorarme por dentro. Como si fuera eso lo que gestaba, una amalgama inmensa de inquietud y angustia que trepaba desde el vientre hacia la garganta, el cuello, la nuca. El chico de mirada fija se quedaba fuera de nuestra habitación. Mientras abría la ventana le gritaba que se alejara, que me dejara sola. Sacaba medio cuerpo y aullaba con todo el desgarro que podía al vaho de las noches heladas en aquella ciudad sigilosa.

Nunca le había preguntado a mi madre cómo había sido para ella estar embarazada de mí. Empecé a hacerlo entonces. A miles de kilómetros de distancia me contaba por teléfono su ilusión cuando supo que yo iba a nacer. Siempre había querido tener hijos, decía. Ella prefería que el mayor hubiera sido un niño, pero mi padre quiso desde el principio que yo fuera niña. Mi nombre lo eligió él.

Un día me contó que discutían muchísimo. Tenían peleas muy fuertes durante el tiempo que estuvo embarazada de mí, no paraban de reñir. En una ocasión el hombre dijo en medio de la discusión: qué pena que vaya a nacer esta niña de unos padres que se llevan tan mal, qué pena que vaya a ser tan desgraciada.

Después de aquella pelea mi madre se fue de casa. Le dijo a mi abuela que el hombre tenía que irse por trabajo y que se mudaría con ella el tiempo que él estuviera fuera.

Pero hija, ¿no te llama nunca el hombre?, ¿qué pasa, que donde él está no hay teléfono? Me imagino a mi abuela preguntando y a mi madre contestando no sé qué otra mentira. Volvió a vivir con él cuando yo nací.

De mi segundo embarazo nació mi primer hijo. Le pusimos el nombre de mi hermano, a quien yo sabía cuidar, a quien había cuidado desde siempre.

Cuando el niño tenía dos meses el hombre vino a vernos a La Haya. Limpiamos la casa a conciencia, quitamos de en medio cualquier cosa que pudiera no gustarle. Por ejemplo, una botella de ginebra del armario que estaba encima del horno. Por ejemplo, una foto en la que salía Tomás que se quedó boca abajo dentro de un cajón. En la estantería, detrás de una fila de libros, le escondí al chico de sonrisa amplia su Constitución de la República. No me di cuenta de que la había vuelto a poner en su sitio hasta que el hombre ya no estaba.

El día que se fue, al despedirnos en el aeropuerto, mi padre dijo sin ambages lo orgulloso que estaba de mí. Tu entrega, decía, tu dedicación a tu hijo, me admira, me siento muy orgulloso. Se me puso cara de lela, no me lo esperaba. Casi me hice pis encima del gusto.

Esas palabras que llevaba ansiando desde hacía una vida entera se derramaron sobre mí como un bálsamo templado que apaciguaba mi cansancio, mi ansiedad, mi lucha interna, mi sentirme desubicada en la maternidad recién estrenada.

Había estado equivocada todo el tiempo, buscando donde no era. Estaba en la abnegación y el apabullamiento, en ser la madre de su nieto. Ahí estaba el reconocimiento que se intensificó cuando nació mi segundo hijo algunos meses después.

Me quiere.

Le gusto.

Le merezco.

Duró un par de años. La vida que apenas había empezado a ser mía dejó de serlo cuando llegaron los niños que no eran tanto hijos nuestros como nietos de otros. Se acabaron nuestros contratos de trabajo en Holanda. Siendo cuatro, regresamos a vivir a la ciudad en la que nos habíamos conocido, el lugar donde vivían mi hermano y el hombre, cada uno en una casa. La ciudad a la que mi madre venía a pasar temporadas, que estaba a unas pocas horas de Tomás y de Reme. Tomás dejó de fumar para que pudiéramos ir a visitarlos a la casa del pueblo sin que los niños respiraran humo.

A veces me preguntaba, ¿por qué hemos vuelto? Y enseguida recordaba: sí, claro, por el trabajo. Porque se acabó el contrato y por la familia, sobre todo por la familia. Para que los niños crezcan en la ciudad donde viven el abuelo y el tío, donde pasa temporadas la abuela. Eso es muy importante, todo el mundo lo dice, eso es lo más importante. Por el bálsamo, por el ungüento, porque es muy duro criar sin la familia cerca, sin que te digan:

Se estaba portando muy bien hasta que tú has llegado.

Por eso hemos vuelto, por eso era.

Para que puedan decir:

No les permitas que te tomen el pelo.

No consientas que no te obedezcan.

No dejes que te tomen por el pito del sereno.

Es que no obedecen, ¿no ves que no obedecen?

La autoridad hay que ganársela desde ahora mismo, desde el principio.

Si no, luego no vas a poder hacer carrera de ellos.

Por eso. Por eso habíamos regresado.

## 60

De vuelta en el entorno de siempre, corría de camino al metro, iba sin apoyar los talones a sacar dinero para comprar plátanos y pañales. Me metía en una reunión y luego en otra reunión y después caminaba deprisa al despacho para que me diera tiempo a hacer el informe de todas las reuniones. Por los pasillos de la oficina no corría porque me daba vergüenza.

Que me salga bien el informe.

Que lo haga rápido.

Que le guste al consejero.

Ojalá piense que soy muy lista.

Que soy muy eficiente.

Que trabajo muy rápido y muy bien.

Ojalá le guste la nota, ojalá le parezca bien el informe.

Comía en el despacho. En mi teclado se habían incrustado trozos pequeñitos de lechuga, semillas de sésamo, migas de pan. A las siete de la tarde, apagaba el ordenador y salía muy deprisa para llegar a tiempo de bañar a los niños. A veces paraba en una farmacia que quedaba entre la puerta de mi trabajo y la estación de metro para comprar unas pastillas efervescentes de color verde. Mi hijo mayor solo aceptaba meterse en el agua si veía deshacerse en la bañera una de esas pastillas. Me llevaba doce o catorce cada vez porque solo entraba si no había nadie y podía resolverlo en un momento, sin hacer cola.

Corría por el andén del metro para llegar lo antes posible. Darles el baño, cantarles unas canciones en inglés, leerles unos cuentos en inglés, cortarle las uñas al mayor, darle las gotas de vitamina D al pequeño, coger cita en el pediatra para la revisión del niño sano y comprar movicol, que el pequeño no hace caca. Intentar no gritar, las conexiones neuronales se forman a esta edad, en la primera infancia, no está bien gritar a los niños, intentar ahogar el grito, tratar por todos los medios de aguantar la ira.

Dormir al mayor. El pequeño se dormía solito desde el principio. Desde que era un bebé de meses aprendió que no se molesta, que no hay hueco, que no se llora, que no se piden brazos, que no se pide nada. El mayor sí que pedía brazos y pedía que le acompañara a dormir y pedía cuentos y tardaba muchísimo en dormirse. Yo me quería morder un nudillo y el otro y clavarme las uñas en el antebrazo. Y me las clavaba. Se me quedó la marca de unas lascas oscuras en la piel, un tatuaje con la forma de cuatro golondrinas pintadas por un niño, cuatro golondrinas como cuatro uves muy abiertas. Unas uves a las que les han caído encima cuatro toneladas de hierro.

Si hubiera tenido una habitación 106 en la que encerrarme y una colcha verde bajo la que guarecerme. Si hubiera podido salir de la cama solo para pasar unos apuntes a limpio.

## 61

Después de nuestro regreso empecé a vomitar cada vez que mi padre venía a casa a estar con los niños, que entonces eran tan chiquitos.

Mi hijo mayor ya no decía ba ba ba gu ba ga desde el cuco. Decía, ¡no!, ¡no, no y no!, golpeando el suelo con su piececito descalzo. El niño decía, ¡no, no y no!, sin poder continuar la frase porque apenas conocía otras palabras, pero mi padre y yo la completábamos en silencio, cada uno en su cabeza, ¡no, no y no!, porque no pienso hacer nada de lo que digas, mamá, porque te voy a tomar el pelo, porque mira cómo te chuleo delante del hombre, mira cómo pego patadas al suelo para que te enteres.

El hombre me veía fracasar sentado en el sofá. Vivo. No decía nada, pero de reojo me parecía verle negar con la cabeza, mirar hacia otro lado. A veces creía oír un chasquido con la lengua, pero al volverme veía su gesto inmóvil, la mirada gélida. Estaba cada día más serio, más decepcionado, más tétrico.

Ojalá el niño me obedezca.

Ojalá se porte bien.

Ojalá sea bueno.

Ojalá el hombre me quiera.

Otra vez nuestras conversaciones se habían acortado y recaían solo en mí, en lo que yo contaba o inventaba. Él solo preguntaba cómo estaban los niños y, concretamente, si habían hecho caca. Siempre quería saber si habían hecho caca, aunque él lo decía diferente. Decía, han hecho deposición o cómo era la deposición o era buena la deposición o cuántas veces han hecho deposición.

En una ocasión le conté una historia del trabajo. Había ocurrido en la primera reunión de la mañana con un grupo que venía a contarnos su proyecto. Era una anécdota de ingenieros. Ingenieros como él. Creí que le haría gracia y atesoré el chiste durante todo el día. Cuando llegaron las diez de la noche primero le hablé de la caca de los niños –era buena, de consistencia normal, una vez el mayor, dos veces el pequeño– y luego le conté la anécdota.

Silencio.

Silencio.

Silencio.

Después de unos segundos dijo, que duerman bien los niños, hasta mañana.

Así no le gustaré en la vida.

Así no me querrá jamás.

Haciéndome la graciosa, contando chistes, dónde voy.

Un día le pregunté a mi hermano, ¿tú notas a papá enfadado últimamente, como que habla menos, que está más serio, más áspero?

No, ¿por?

Ya solo nos veíamos en mi casa porque su piso céntrico daba asco. Hacía diez años que la amiga hermana no pasaba por allí y aunque al principio el hombre había contratado a una chacha a la que sí pagaba, la echó al poco tiempo. Nunca volvió a entrar nadie con un paño.

Un día que se puso enfermo, fui a llevarle medicinas. Nada más abrir la puerta me asaltó el olor a cerrado, a rancio, a sudor reconcentrado. Nunca ventilaba. Entré lo justo para dejar la bolsa de la farmacia, preguntarle si hacía falta algo más y decirle que necesitaba pasar al baño. Me había venido la regla y sentía que me estaba cayendo la sangre por la pierna abajo.

Los muebles de la entrada estaban cubiertos por una capa gris. Me dio asco dejar el abrigo apoyado en la butaca. De camino al baño vi que la puerta de la cocina tenía churretes de color pardo. En el retrete un reguero amarillento marcaba el camino por el que llevaba saliéndose el agua de la cisterna desde hacía años. El mármol del baño estaba mate. De regreso a la puerta de salida vi que la roña se estaba comiendo los cuadros, los libros, las esculturas, los altorrelieves medievales en madera, la mesa de cristal del salón.

Venía a casa tres veces por semana para estar con los niños. Esos días yo salía antes de la oficina porque el hombre llegaba a las cinco en punto de la tarde. Para entonces yo había vomitado al menos una vez. Al llegar se quitaba el abrigo y el sombrero, los dejaba en el armario de la entrada y se sentaba en el sofá a verme hacer. Su visita duraba hasta que el chico de sonrisa amplia volvía del trabajo.

Un martes que estaba el hombre en casa, mi marido tardó más de la cuenta en regresar. Cuando se hizo la hora del baño, el niño mayor no quiso meterse en el agua. No quedaba ninguna de las pastillas efervescentes. A la salida del trabajo había cola en la farmacia y pensé, total por un día, ya las compro mañana, ya se nos ocurrirá algo para el baño de hoy, voy con mucha prisa, no puedo esperar esa fila.

El niño se puso a patalear. ¡No, no, y no! ¡No! Se zafaba y me lanzaba puñetazos. Para apaciguarle, propuse un juego con voz aguda y dientes muy prietos: mira, ven, metemos la ballena aquí en el barquito rojo, ¿aguantará el barquito a esta ballena tan gordota?

Le ofrecía el juego sin ganas porque toda mi atención estaba en el hombre mirón que de brazos cruzados me veía desbaratada, incapaz de que mi hijo me obedeciera. Me ardían como heridas sus dos ojos en el cogote.

De pronto, oí a mi padre lanzar un suspiro ronco, levantarse y venir hacia nosotros por el pasillo. Agarró al niño del brazo, un poco por encima del codo. Le agarró tan fuerte que las uñas del hombre se pusieron pálidas. Se agachó con la cara pegada a la de mi hijo, la punta de su dedo índice disparada, casi rozando las pestañas del niño. Habló con unos dientes tan prietos como los míos, le zarandeó y con su voz de catacumba le mandó a bañar. Mi hijo se quedó congelado.

Le soltó y el niño dio dos pasitos para dejarse caer entre mis piernas. Lo cogí en brazos y continué hacia el baño. Cerré la puerta. Le abracé, le acuné, quité el tapón de la bañera, se fue toda el agua. No se bañó. Mientras calmaba al mayor, el bebé se había quedado en la hamaquita del salón. Hacia allí oía avanzar de vuelta los pasos de mi padre mientras seguía consolando al otro crío, sentada en la taza del váter.

Cuando el hombre por fin se fue, después de vomitar otra vez grité tanto que me quedé ronca. Grité al chico de mirada fija porque no había estado, porque había llegado tarde, porque me había dejado sola a la hora del baño, porque se había olvidado de comprar el bote de tomate triturado. Más tarde, cuando el niño mayor dijo que no se iba a lavar los dientes, le cogí fuerte del brazo, le grité, le arrastré por el pasillo hasta el cuarto de baño. Grité más. Al bebé lo metí en su cuna una hora antes de lo normal. Ahí se quedó.

Al día siguiente mi hijo tampoco quiso meterse en la bañera. Le saqué al descansillo y cerré la puerta de casa. Aunque no estuviera el hombre, le castigué igual. Así aprendería a hacerme caso para la próxima vez que viniera su abuelo.

Le oía llorar en el rellano, solo, detrás de la puerta. Tardé varios minutos en dejarle entrar. Abrí todavía furiosa. El niño vino a abrazarme, pero le aparté los brazos. Castigarlo sin mi afecto era la forma de dejarle claro:

Si te portas mal, mamá no te quiere.

Si a mamá la dejas en evidencia delante del hombre, mamá te saca afuera.

Si no eres bueno, mamá te echa, te abandona, te manda lejos.

Me engullía una ola de saña que arrastraba cada vez más materia viva.

Horas después, asolada por la culpa, entraba en el cuarto del niño para verle dormir. Mis lágrimas le caían encima. Algunas las sorbía su mantita rápidamente, otras se le quedaban sobre el moflete o en la frente. Esas las secaba con el dorso de mi mano. Al día siguiente más gritos, más lágrimas, más zarandeos, más gritos, más manta tragando llanto. El pequeño en la cuna, calladito e inmóvil.

Cuando se lo contaba a mi madre, encontraba en ella justo lo que buscaba. Alguien que me entendía, me redimía, alguien que decía:

Hija, pero no te preocupes.

Pues claro que a veces hay que castigar. Y hay que reñir. Ese también es el papel de una madre. Y al niño hay que empezar a meterlo en vereda.

Tiene mucho carácter. Si no intervienes ahora, si no dejas bien clarito desde ya mismo quién tiene la autoridad, es que te come por los pies.

Anda, no te tortures, con lo cansada que estarás. Déjalo ya, vete a dormir.

La siguiente vez que vino el hombre a visitarnos.

Cuando mi hijo mayor oyó el telefonillo y entendió que venía el abuelo, fue hacia la entrada y empujó la consola que había en el pasillo, cerca de la puerta. La mesita era ligera, pero en aquella época servía de soporte a la escultura de la niña con coleta que mi padre me había regalado hacía unos meses, cuando había nacido mi segundo hijo. Era lo primero que veíamos nada más entrar en casa. El niño logró atravesar el mueble en el pasillo de entrada, atrancar el camino a quien su madre dejaba el paso franco. Tres años y medio tenía en ese momento.

Esa noche acabé muy cansada. Había vomitado cuatro veces, dos antes de que el hombre llegara, otra nada más lograr que mi hijo accediera a retirar la consola y la última cuando mi padre se había ido. Recuerdo estar tan cansada que ni siquiera grité a nadie. Tampoco lloré.

Al llegar las diez, simplemente no llamé por teléfono. Dejé pasar la hora. Me sentía algo inquieta por saltarme la norma elemental, pero sobre todo estaba exhausta. La furia, el ensañamiento, la ira, el vómito y la rabia me reventaban por dentro. El destrozo era tal que el miedo que daba el hombre pasaba a segundo plano.

Aunque hacía menos de cuatro horas que se había marchado de nuestra casa, como yo no llamaba el hombre mandó un mensaje preguntando si estábamos bien, si había ocurrido algo. Contesté que sí, que estábamos bien, que esperaba que él también, que lo sentía, que se me había pasado la hora, que le llamaría mañana, que estaba muy cansada, que perdonara.

La semana siguiente fueron dos días seguidos los que no llamé, los que dejé pasar las diez y las diez y cuarto y las diez y media sin cumplir con la mínima deferencia. Entonces mandó otro mensaje aclarando que para él era muy importante nuestra llamada diaria. Le contesté que quería hablar con él. Que pasaría por su piso mugriento al día siguiente.

## 62

Era marzo, mi hijo pequeño estaba a punto de cumplir un año. El hombre me recibió en bata, debajo llevaba un jersey de cuello vuelto y unos pantalones de pana. La calefacción de su casa estaba al máximo. Hacía más de los 27,5 grados que marcaba el termómetro de mercurio del salón. El olor era muy intenso.

Me senté en el sofá de cuero recubierto por la sábana de siempre, rancia y amarilleada. Hizo un gesto para indicarme que la estirara más hacia abajo, que no rozara la piel con el tacón de mis zapatos. Tiré de la tela y me recoloqué con el corazón latiéndome en los oídos, reventando en las sienes, estallando en mis muñecas. Las piernas juntas, las manos hundidas en la grieta que formaban mis rodillas apretadas, la mirada hacia abajo. No me había hecho una coleta.

Al empezar a hablar se me tronchó la garganta. Mirando al punto en que se tocaban la sábana y mis zapatos dije algo como que la manera en que nos relacionábamos no estaba bien, que no era una relación de padre e hija que tuviera sentido para mí, que necesitaba un tiempo para pensar, que no le iba a llamar durante una temporada, que no viniera a vernos, que necesitaba pensar, perdón, lo siento, necesito pensar, necesito un tiempo, lo siento.

No dijo nada.

No se rio.

Cuando terminé de decir las cuatro frases que llevaba preparadas, sentí que me alcanzaba algo de aplomo en su silencio. Me pareció que ese mutismo era más un signo de desconcierto que un afán de desprecio como siempre había sido. Si volvía a abrir la boca a lo mejor ya no temblaba. Dejé de mirar a la sábana, levanté la cabeza. Le enfoqué a los ojos y al hacerlo le vi de pronto más pequeño, encogido, como si el hombre pudiera transformarse en hombrecito.

Dije, tú no sabes quién soy.

Repetí, no sabes quién soy. No me conoces porque te he mentido mucho, te he mentido muchísimo.

Contestó, ya lo sé. Y se quedó inerte. Más que callado, le noté indiferente.

Pensé, se hace el listo, pero no lo dije. Se hace el listo, no sabe cuánto le he mentido. No tiene ni idea, no se lo puede imaginar. Creerá que un día le dije que iba al cine con mamá, pero en realidad iba con una amiga o quizá hasta con un amigo. Pensará que fui a una fiesta de pijamas y se lo oculté. Que un día, después de que colgáramos por teléfono, mamá o Tomás o los dos me llevaron en coche a casa de una amiga. Creerá que he tenido más novios de lo que le he contado.

Y pensé, ¿se va a atrever a preguntar? Ahora que dejo descubierta la entrada de los túneles que he excavado durante años, ¿se atreverá a asomarse, querrá meter la cabeza y revolver la arena, hozar la tierra para dejar todo a cielo abierto, que se oreen los entresijos en la corriente, que circule el viento entre las grietas, que se oxide definitivamente la red subterránea?

No se atrevió. No quiso saber qué era eso en que tanto había mentido. En ese momento solo dijo, ya lo sé.

Después recuerdo que puso una voz más grave, sacó la mano derecha, tensa, con el dedo índice vertical, apuntando hacia su propio ojo. Los labios más finos que nunca, la mandíbula rígida como un cepo para ratas. Veo que esto te enfada mucho, mejor me marcho, dije. Pero recondujo el tono y la conversación duró algunos minutos más.

Su frase de despedida fue, hasta cuando tú quieras, hija. Nada más salir del ascensor de su casa le bloqueé del WhatsApp, borré nuestro chat, todos sus mensajes, las citas del Evangelio que me mandaba cada mañana.

Al llegar a casa el chico de sonrisa amplia me cogió la mano. Me abrazó. Los niños ya dormían y compartimos una copa de vino. Preguntó, solo por curiosidad, ¿por qué ahora? ¿Por qué justo en este momento?

No lo sé, dije. Quizá porque el hombre cogió al niño del brazo el otro día y le hizo llorar y luego oía sus pasos volviendo al salón donde estaba nuestro bebé y no podía estar allí. Quizá porque vomito cuando viene y cuando se ha marchado, quizá porque grito tanto que me doy miedo.

Interrumpimos la conversación cuando sonó el timbre de un mensaje en mi teléfono. Era Tomás. Me enviaba una foto del reflejo de la luna casi llena sobre el mar. Estaba sacada desde la terraza. A continuación, entró una línea suya que decía: «Mira qué bonito está, a ver cuándo venís. Buenas noches, mi niña, que durmáis bien». Respondimos con una foto que nos hicimos los dos juntos en ese momento, con las copas de vino en alto y los labios hacia delante como mandándole un beso.

## 63

El miedo que infundía era tal, que el hombre percibía siempre una realidad procesada, postiza. Todo lo que oía estaba preparado precisamente para él. Pensado y pronunciado a la medida de su criterio patológico y su exigencia desorbitada. Como nunca tenía que lidiar con el desacuerdo, era incapaz de entablar una conversación improvisada, de articular una respuesta espontánea. Por primera vez desde el verano cortísimo antes de empezar la universidad, le había llegado algo crudo de mi parte, unas frases sin tratar. Para digerirlo y contraatacar mi padre necesitó un tiempo, una estrategia. «Ya lo sé» le permitió ganar ese tiempo.

Tardó unos días en fabricar su respuesta. Cuando ya estaba borrado de mis chats, la persona que cuidaba a nuestro hijo pequeño por las mañanas me dijo que el hombre había ido al parque a pasar un rato con ella y el niño. Les había acompañado de vuelta a casa a la hora de la comida y antes de despedirse había dicho que en adelante iría al parque todas las mañanas a ver al pequeño.

El hombre pasándome por encima y yendo a por la generación siguiente me hizo sentir, finalmente, ante la puerta del infierno de Dante. Desechaba mi malestar como si soplara el polvo de uno de sus muebles. Despreciaba mi angustia, se abalanzaba hacia mis hijos.

Pedí a la cuidadora que cambiara de parque, que no volvieran más a ese sitio.

A los dos días ella llamó a mi trabajo para contarme que, como el hombre no les encontraba donde siempre, había ido directamente a nuestra casa. Llamó al timbre bien temprano, aún estaba terminando de darle la fruta al niño. Se había quedado con ellos, habían ido los tres al parque nuevo. Le dije que nunca más volviera a abrir la puerta.

Acababa de terminar de comer. En el rato que mis compañeras bajaban a tomar café, llamé al hombre por teléfono desde el patio del edificio de oficinas. Se me estremecía la voz de rabia.

Le dije que no había opción de ver a mis hijos si no era conmigo, le dije que no me pasara por alto.

Preguntó si le estaba prohibiendo ver a sus nietos. Le repetí que no me pasara por alto.

Preguntó si le estaba prohibiendo acercarse a los niños. Le dije que no pretendiera saltar por encima de mí.

Mientras estaba al teléfono apretaba un bolígrafo con la mano derecha y emborronaba en un cuaderno amarillo. Hice un agujero en la página donde llevaba anotadas las ecuaciones del saldo de balanza de pagos y unos datos de afiliación desestacionalizados.

Al llegar al despacho, en la hoja siguiente a la del agujero hice una lista con lo que me daba miedo:

Que el hombre zarandeara a mis hijos.

Que mis hijos se asustaran.

Que les gritara.

Que jugara con ellos a las cosquillas.

Que les colocara a los pies de alguna cama.

Que las uñas blancas de apretar fueran las mías y también las suyas.

Que del monstruo naciera otro monstruo y de ese, otro y después otro monstruo más.

No volvió a aparecer en mi casa.

Los miedos que no escribí en ninguna lista pero que tuve durante meses:

Que fuese a la guardería.

Que apareciera al volver una esquina.

Que estuviera al fondo de la plaza mirando sin ser visto.

Que siguiera a la cuidadora.

Que llegara una notificación del juzgado –este miedo ya no lo tengo tan presente, salvo cuando me paro a pensar en ello como ahora mismo–.

Que me denunciara por la carta que le envié dos meses después del día que hice un agujero en el cuaderno amarillo.

En la carta le contaba mi angustia cuando la neumonía de mi hermano, cuando no se quería poner al teléfono. Le reprochaba lo mal que había tratado a la amiga hermana, el miedo que le teníamos todos. Al final le decía que estaba dispuesta a perdonarle y retomar algún tipo de relación si entendía lo que había ocurrido. Si pedía perdón. Al final, final, final de todo también decía que, en cualquier caso, podía contar conmigo si necesitaba algo.

Nunca contestó.

Durante algún tiempo, si me cruzaba con alguien de su estatura que llevara traje, la calva oculta bajo un sombrero y caminara con las manos a la espalda, tenía que buscar corriendo una papelera de boca ancha o un alcorque de tierra o una esquina recogida. La arcada era inmediata. Me desviaba del camino, me inclinaba hacia adelante, me vomitaba entera.

# PARTE IV
# PRESENTE DISPONIBLE, FUTURO AMPLIADO

## 64

Reme nunca me llama por teléfono. Si tiene que hacerme llegar algún mensaje lo hace a través de mi madre. Que a su hija mayor la han echado del Eroski, que la pequeña perdonó al marido y está esperando un hijo. Cualquier cosa. Por eso aquella noche de enero me extrañó ver sus llamadas.

Un par de horas antes había soltado la pastilla efervescente para que mis hijos se metieran en la bañera. El verde del agua contrastaba tanto con el rojo del barco de juguete y el pelo moreno de mi hijo mayor que hice algunas fotos. Después del baño se quedó dormido el pequeño. Aún no había cumplido dos años, solito en su cuna, sin rechistar, como cada noche.

Al mayor le conté un cuento de una oruga que come muchas frutas, le canté dos canciones, le hice masajes de pies y brazos, le acaricié el pelo, le dibujé la carita pasando mi dedo despacio por el borde de su frente, el perfil de la nariz, su ojo derecho, su ojo izquierdo, las cejas, la barbilla. Había llorado al acabarse el cuento y entre el masaje de piernas y el de brazos. No se dormía y yo cada vez apretaba más en los masajes.

Cuando creía que no iba a ser capaz de aguantar las ganas de gritarle fuerte –¡duérmete ya!, ¡duérmete de una maldita vez!– salí de la habitación a hacer pis, a beber agua, a respirar, a pedir el relevo por unos minutos. Cogí el móvil que tenía silenciado y vi cuatro llamadas perdidas de

Reme. Pensé que habría sido sin querer, que habría apretado alguna tecla al sentarse, J de Julia, J J J J J J J J. Se habría saltado la llamada. Hice pis, miré cualquier cosa en el teléfono. Cuando tiré de la cadena devolví la llamada por si acaso.

Descolgó directamente con un ay Julia, ay por Dios, hija de mi vida y de mi corazón, lo que ha pasado, ay qué desgracia tan grande.

Tomás estaba tendido sobre la calzada, a dos metros de la puerta de casa de Reme, al lado de la playa.

Solo dije, con voz calmada:

Pero si me acaba de mandar unas fotos desde la peña de Juan Breva, que ha ido a ver tocar a un chico de Jerez.

No contestó nada, Reme se quedó muda. Me separé el teléfono de la cara, miré la pantalla por si se había cortado o había puesto la llamada en espera sin darse cuenta. Pero Reme, qué dices, pero Reme, qué ha pasado, di algo, contesta, Reme. Solo oía una respiración ronca, un mar de fondo. Ni una palabra.

Al cabo de unos segundos arrancó de nuevo con una contención y una voz tan grave que no parecían suyas.

Después de las fotos esas que dices ha cogido el autobús de vuelta, se ha bajado en la primera parada del pueblo, la del restaurante. Ha venido caminando hasta el paseo marítimo. Ha debido de echarse la mano al bolsillo para sacar las llaves porque estaba ya al ladito de la casa, al ladito mismo. Y con las llaves en una mano y un cigarro en la otra se ha desplomado, nena. Con la cara por delante. Muerto.

Salía la comadre de mi casa, que ha estado tomando una cerveza. Y estando las dos en la puerta me dice la comadre, Reme, mira qué raro, hay como una ropa tendida ahí en la calle, se ha debido de caer con el levante, ¿de quién será esa ropa? Parece una sábana o un mantel. Nos hemos acercado y qué ropa ni qué mantel. El Tomás era, hija de mi vida.

Una pausa, otra vez el mar de fondo.

Después continuó:

La comadre se ha ido corriendo a buscar al marido que llamara a una ambulancia y yo a avisar a tu madre. Me la he encontrado en la cocina haciendo sopa. Tu madre, mira, ha salido corriendo en pijama a la calle, se ha tirado al lado de él en el suelo, le ha cogido la cabeza y se ha puesto a acunarlo. No paraba de decirle ay mi niño, ay mi niño.

Ha venido la ambulancia, pero ha sido para nada, hija, ha venido para nada. Ni una chispa de vida le quedaba, Julia. Se ha caído muerto, para mí que antes de tocar el suelo ya estaba muerto.

Colgué a Reme sin decir nada más.

Me asomé al cuarto de mi hijo mayor y dije las cuatro palabras muy bajito para que el niño no lo oyera, vocalizando mucho, pero sin sonido: se ha muerto Tomás. Qué cara tendría yo al decirlo, qué cara pondría el chico de mirada fija al adivinarlo entre mis labios.

Se levantó de golpe, vino hacia mí, me abrazó y no pude hacer nada en ese abrazo. No pude devolvérselo. Había perdido las extremidades, los tendones, las articulaciones, los dedos. Metí cuatro cosas en una bolsa: el cargador del móvil, un jersey gordo, que el duelo y la pena dan mucho frío, los tapones y dos bragas.

Pensé, mi madre es viuda y en ese instante ella envejeció veinte años. La llamé y solo me dijo, fíjate, hija, Tomás, Tomás... Mi hermano pasó a buscarme en su coche. Aparcó en doble fila. Al salir del ascensor vi su silueta enmarcada por un halo naranja discontinuo, reflejo de los intermitentes. Nos abrazamos sin decir nada y salimos hacia el pueblo de costa. Condujimos de noche el mismo trayecto que habíamos recorrido por primera vez treinta años antes, en el coche blanco de Tomás, al poco de conocerle. Viendo un ciprés, un pino, montículos, peñas, fábricas, túneles, todo lo que se deja atrás en la carretera hasta la playa. Aquella noche no había luna.

Cuando paramos a echar gasolina, ya habían cubierto a Tomás con una sábana. Un policía había recogido su cartera, sus llaves, su reloj y se lo había dado todo al marido de Reme. Mi madre se había colgado la alianza de Tomás en una cadenita que llevaba al cuello y entonces pasó a tener dos anillos iguales, pero de tamaño diferente.

Debajo de la sábana, setenta y seis años y otros tantos kilos de peso, un charquito de sangre a la altura del lado derecho de su frente, una prótesis de cadera, un pantalón de pana, unos zapatos negros que le resultaban muy cómodos, calcetines de hilo gris oscuro, los calzoncillos de Mickey Mouse que le regalé unas navidades, una camisa con varios botones desabrochados porque le agobiaba el cuello muy cerrado, un abrigo finito de color gris. Y un cuerpo recio, compacto, de pecho canoso y moreno. Bulto cubierto por una sábana que esa sí latía sin parar al ritmo de un levante que no amainaba.

Todo lo que dos días después iba a flotar en polvito sobre el mar. Cuando cruzamos la cadena montañosa que separa la meseta de la costa, no imaginaba que iba a ser yo la que llevaría abrazada la urna con sus restos, mecidos en una barca de remos con una luz preciosa de atardecer. Que iba a volcar sus cenizas sobre las manos de mi madre, su última cuna antes de verterse al agua. Que al ver las motas grises flotando en caldo de mar, recogería un sorbo en el cuenco de mis manos para beberlo. Que se me iban a mojar las mangas del abrigo. Que sus restos –de cuerpo, de ropa, de calzado– se disolverían en mi estómago, mausoleo de sangre y de entraña.

## 65

La noche que murió Tomás, mi hermano y yo llegamos al pueblo a las cuatro y media de la madrugada. Nunca había estado en aquel tanatorio, una casita blanca con dos salas para que los muertos tuvieran sus últimas visitas. En la entrada había una máquina con agua, coca cola, patatas fritas y cinco tipos de chocolatinas. Mi hermano me abrazó antes de entrar, antes de que todo cobrara otro color, otra dimensión.

Nos cruzamos con cuatro sombras que caminaban hacia el parking. Las vecinas del pueblo seguían allí.

Vi a mi madre. Mi madre viuda. Nos abrazamos. Nuestros hombros subían y bajaban sincopados al ritmo de los sollozos. Mi hermano nos envolvió a las dos, la capa más externa del núcleo de siempre. La familia de origen convertida en algo cojo, triste, desolado.

Recuerdo tres cosas del día siguiente a la muerte de Tomás. La primera, que dormí con mi madre. La segunda, que cené conejo al ajillo. La tercera, que no supe nada de mi padre.

Treinta y dos horas después de que Tomás se cayera con la cara por delante, la funeraria trasladó su cuerpo al crematorio. Detrás iba una comitiva de coches: en el primero, mi madre, mi hermano y yo; detrás, Reme, su marido y una de sus hijas; en el último, el sobrino preferido de Tomás. Apenas le di un abrazo, lo evitaba. No quería mirarlo porque sentía envidia cuando identificaba en él rasgos de Tomás que yo nunca tendría. Ningún recuerdo físico suyo, ninguna traza tangible, ni sus uñas planas, ni sus dedos anchos, ni su forma de mirar. Al entrar al baño del crematorio me dio asco ver en mi delgadez la del hombre, en mi corte de cara el suyo, en mis ojos oscuros la misma expresión que me fulminaba. Quería romper las células, destrozar el hemograma, machacar los leucocitos, sustituirlos por otros, destripar las raíces, vomitarme entera.

Al volver a casa mi madre tomó unas pastillas y se quiso ir a dormir. Había gente en el salón, amigas y familiares que habían venido de fuera a acompañarnos y se quedaban hasta el día siguiente. No quise dejarla sola en aquella cama enorme, entre las mismas sábanas que la noche de antes Tomás había compartido con ella. Me tumbé en el lado vacío de la cama y vi en la mesilla su pastillero, la funda de sus gafas, el libro que estaba leyendo, su despertador, un paquete del tabaco que había vuelto a fumar, dos mecheros. Sus zapatillas de casa, alineadas. La almohada, su olor. El embozo que le gustaba subirse hasta la barbilla, justo hasta el borde del labio inferior.

Mi madre se durmió inmediatamente. Tenía los ojos muy hinchados, los labios también. La miré dormir, le acaricié la sien, olí su brazo. Miré cómo una pelusa en el borde de la almohada temblaba al ritmo de su respiración. Velé su sueño. Dejé la luz del baño encendida para poder verla durante la noche. Quién es la madre, quién es la hija, quién es la amante, quién es la hija, quién es la novia, quién es la hija, quién cuida a quién. Cualquier cosa por ella, dormir en sábanas de muerto por ella.

Mi madre no había querido cenar, pero yo sí tenía hambre. O más que hambre, ansia por llevarme cosas a la boca. Mientras ella se duchaba, entré en la cocina. Reme estaba dejando una olla con caldo de potaje. Se puso a limpiar la nevera. En la mesa había algunas amigas de mi madre tomando una cerveza y picos de pan. Con la cabeza metida dentro del frigorífico, Reme dijo, uy, pero mira este táper, si está con el conejo al ajillo que hizo Tomás ayer, por favor, lo voy a tirar que como lo vea tu madre se descompone, niña, qué impresión, si lo cocinó ayer mismo por la mañana, angelito.

Con un solo gesto de muñeca, el conejo al ajillo se fue entero a la basura. El cubo se tragó la última oportunidad de comer algo cocinado por Tomás. Me quedé unos segundos quieta, mirándolo. A continuación, cogí un plato del armario, pulsé el pedal que abría la basura, saqué varios trozos de conejo y los calenté en el microondas. Me fui al porche a comerlo sola. Llevaba el abrigo puesto, había mucha humedad. Lo rebañé todo, dejé los huesecitos limpios como si los hubiera roído un perro. Enfrente, el mar era una franja de plomo derretido.

La noche que me llamó Reme para decirme que Tomás había muerto, la noche que metí cuatro cosas en una bolsa, esa noche, la hora a la que mi hermano llamaba al hombre nos alcanzó a cuarenta y cinco kilómetros de casa. Marcó por el sistema de manos libres. Cuando sin saber que yo también estaba en el coche mi padre contestó, hola, hijo, me puse a llorar por primera vez. Mi hermano apenas pudo decirle, nos vamos, estamos saliendo en el coche porque Tomás se ha muerto, se ha caído al lado de casa y se ha muerto. El hombre le interrumpió y dijo severo, llámame cuando estés solo. Nada más. Mi hermano no pronunció palabra, yo tampoco.

El hombre no me llamó al día siguiente en ningún momento. Ni al amanecer cuando dejé el tanatorio y fui a casa a ducharme y a mirar y no mirar los restos de sangre de Tomás que, a ocho pasos de casa, se habían quedado entreverados en el asfalto como un musgo rojo. Tampoco llamó a lo largo de las horas que pasé sentada en la sala del tanatorio observando a través de la vitrina su cara cada vez más cérea. Ni cuando abrieron la puerta de la cámara donde estaba el ataúd y me acerqué a cogerle la mano y besarle la frente helada antes de que cerraran la tapa y ya no volviera a verle nunca. Ni cuando llegamos al crematorio.

Ese día le pregunté a mi hermano si no le parecía raro que el hombre no me hubiera llamado. No, ¿por?

Cuando se lo dije a mi madre:

Pues hija, da tú el paso. Llámale tú. Estará a la espera. No sabrá qué decirte. No le des más vueltas, por favor. Es tu padre. Coges, lo llamas y punto.

Tampoco le dio el pésame a mi madre. Pensé que lo haría porque algunos años antes, el día de mi boda, se habían reencontrado. Aquella noche, después de más de dos décadas pasando mensajes entre uno y otro porque el hombre no consentía en hablar con mi madre ni para un diagnóstico médico, aquella noche cuando ya nos habíamos levantado de las mesas y estábamos bailando, de repente los vi sentados en sillas contiguas. Supongo que mi madre se acercaría.

Se apreciaba desde lejos cómo ella refulgía porque él la miraba, la reconocía, reparaba en su existencia después de tantos años. Las amigas de mi madre hacían fotos con el móvil desde la distancia, se susurraban unas a otras, decían, Julia, ¡qué momento! ¡Qué momento tan especial! Mis amigas también venían a buscarme para comentarlo, ¿has visto a tus padres?, ¿has visto a tus padres que llevan ahí más de media hora hablando?

No podía mirar. Les dije que ese plural, el genérico de padres a mí no me aplicaba, a ellos no les aplicaba, a mí me daba una náusea. Mi hermano no se enteró de aquel reencuentro. Tomás estaba sentado en una de las butacas que rodeaban la zona donde bailábamos. Fumando solo. Miraba con media sonrisa cómo nos movíamos el resto, seguía el ritmo de las canciones con el pie.

## 66

La primera vez que pensé en escribir sobre Tomás habían pasado desde su muerte dos meses menos tres días. Fue a la salida del homenaje que le dedicaron en la sede de su partido político en Barcelona. Había muchas personas de la parte de su vida anterior al momento en que apareció en la mía. La época en la que él había llegado a aquella ciudad y trabajaba por la unidad del socialismo, la transición en Cataluña, Reventós y el regreso de Tarradellas. La época que sirve de trasfondo a Teresa y Manolo, cuando Marsé les hace caminar sobre un lecho de confeti y serpentinas.

Hablé durante mucho rato con una abogada que en la dictadura había recurrido a Tomás para que la ayudara a infiltrarse en fábricas de lámparas, en cadenas de montaje de lentes fotográficas y componentes de automoción. Cambiaba cada seis meses de trabajo para articular las primeras comisiones obreras clandestinas entre las mujeres trabajadoras de la industria catalana. Emergió toda esa realidad política que él ejercía de manera ilegal desde su puesto de funcionario de entonces y que esa tarde, al final del acto, ansiaba que él pudiera contarme. Que volviera a vivir unos ratitos y yo no desaprovechara el acervo que había despreciado durante los años que compartimos, cuando él era de segunda, de tercera, de cuarta. Un mindundi.

Un mes después del homenaje, mi madre y yo volvimos a la casa del pueblo para hacer esa cosa tan desgarradora que es una mudanza de muerto. Subí al despacho, abrí su portátil, metí su contraseña –la que usaba para todo, para la tarjeta de crédito, para la alarma de casa, la que conocíamos todos–. Busqué la carpeta donde sabía que había guardado material para, quizá, escribir unas memorias. «Recuerdos de vida» aparecía en el escritorio de su ordenador. Lo grabé en un disco duro y lo metí en el maletero del coche junto con cuatro archivadores muy voluminosos que encontré. Las bolsas con su ropa y sus zapatos las llevamos a un centro benéfico cerca de la estación de tren. Conducía mi madre.

Descargué los archivadores casi seiscientos kilómetros después. Se quedaron apilados en el trabajo, debajo de la mesa de mi despacho, lánguidos durante más de dos meses. Me costó sacarlos y empezar a mirar, en parte porque no concebía esa tarea como algo que pudiera acometer picoteando un día de una carpeta y otro día de otra. Aspiraba a sumergirme en sus recuerdos por completo, con mucho tiempo por delante, como si fuera lo único relevante en una vida monástica.

Se me hacía imposible ser al mismo tiempo biógrafa, madre, analista, esposa, consumidora de kilovatios/hora, hijastra doliente, cliente bancaria, paciente en el centro de salud, empleadora por horas y solicitante de la tarjeta de abono transporte. Durante ese tiempo solo saqué del primer archivador una foto que era en realidad un recorte de periódico en blanco y negro. Se ve a Tomás medio de espaldas, con un brazo hacia delante, hablando. Su gesto es el de una conversación vehemente. Al otro lado de la diagonal que arranca en su brazo hay dos hombres de pie. Le escuchan atentos, uno está con los brazos cruzados. El de gafas tiene una mano en el bolsillo y la otra apoyada en una mesa cubierta por papeles que alguien ha distribuido en varios montones. La foto está dedicada a Tomás en el reverso, «Nos convenciste como siempre». Firman los dos compañeros que están junto a él en la imagen.

En verano, cuando habían pasado casi seis meses de su muerte, surgió por fin un horizonte despejado, unas semanas de poco trabajo para empezar a abrir carpetas y revisar archivos. Tenía que rellenar muchas horas muertas de oficina cada día. Horas en las que no podía acercarme a la dirección general de tráfico para cambiar por fin las señas de mi domicilio –tenía que estar presente en el despacho– ni tampoco renovar mi pasaporte, ni maternar –tenía que estar en el despacho–.

Con la puerta cerrada, desperdigué por la mesa de trabajo recortes de periódicos, anotaciones y documentos. Me compré una grabadora y fui a ver a un exdefensor del pueblo, a un exministro imputado, a un exvicepresidente, a una exministra feminista, a una periodista jubilada y a un reportero todavía en activo. Uno de ellos me pidió que parara la grabadora cuando hablaba de ETA y me enseñó cómo encontrar en la web todas las intervenciones parlamentarias de Tomás. Otro me citó en un restaurante justo detrás del Congreso al que iba a comer a menudo con él. Había mucho ruido de fondo y la grabación apenas se entiende.

Ahora que Tomás había muerto, casi todos veían claro que iba a ocurrir. Aunque no hubiera estado nunca enfermo, aunque tuviera una vitalidad apabullante, aunque no lo dijeran con esas palabras exactas. «Claro, fumaba tanto. Es que no se cuidaba. Tomás no se cuidaba».

Hasta ese momento su plenitud se erigía como un desafío constante contra los postulados de la vida frugal. Viéndole vivir, reír, comer, beber, uno no podía evitar pensar ¿y si no hace falta moderarse? ¿Y si el dilema no es tal? ¿Y si se puede tener todo? Los exministros flacos, los del colesterol bajo y las analíticas impecables, los preocupados por una arritmia ocasional, los abstemios, los que le quitan la grasa a la carne. En sus pésames notaba el alivio que les producía la imagen representada del cuerpo de Tomás sobre el asfalto.

Aquel verano, en medio del duelo feroz revisé sus intervenciones, archivé los documentos de acuerdo con una clasificación que improvisé: el montoncito de papeles importantes, tema político; el montoncito de papeles importantes, tema personal; asuntos secundarios, temas marginales; fotos. Descargué las grabaciones, las transcribí. Hice esquemas tratando de articular la cronología de su vida.

En la primera revisión del material encontré una funda de plástico con papeles escritos a mano. Después de echar un vistazo al documento que aparecía primero, coloqué la funda en el montón de cosas menores junto a todo lo otro que era tangencial a la historia de Tomás.

No encontraba el tono que podía tener el texto. Dudaba si arrancar con «Nací un día de octubre de 1946» o «Nació un día de octubre de 1946» o incluso «Naciste un día de octubre de 1946». Quería separarme de una biografía corriente para abarrotar la suya de ternura. Con las frases que me iban saliendo, intenté mezclar algunas que él mismo había escrito. No hizo falta distancia, ni tiempo para darme cuenta de que el resultado era un pastiche desligado.

¿Cómo llevas lo de Tomás? ¿Vas avanzando?

Qué ilusión me hace que escribas eso, hija.

Se volvió incómodo.

En la segunda revisión me detuve en la funda de plástico que había colocado en el montón de cosas tangenciales. Apareció una carta que yo le había escrito a Tomás hacía al menos quince años. Mi letra era muy diferente, las eles más altas y las bes en cambio más angulosas. Tomás había guardado la nota doblada en cuatro. No recordaba aquel escrito y al verlo sentí un consuelo radical, un alivio absoluto. Algo que no me había ocurrido con ninguno de los otros papeles que encontré y repasé.

Me di cuenta de que, indagando entre sus cosas, lo único que buscaba era el arrullo de fundirme con él a través de su historia, amarrarlo de esa forma, retener el vínculo, no dejarlo marchar. De algún modo encontrar el papelito sació ese anhelo y, quizá por eso, el ansia de contarle se fue difuminando. Nunca resurge.

Hace poco volví a meter en cajas todos los recortes, los documentos y las grabaciones. Están en casa de mi madre, en el cuarto donde ella guarda las maletas y, a partir de marzo, los abrigos.

Ahora que la mancha de sangre casi ha desaparecido del asfalto a dos metros de la casa de Reme, sé que no era su vida lo que quería contar. Era la mía, alentada por el pálpito de nuestra historia común, por la búsqueda de otra genealogía paterna.

## 67

Mi madre se sorprendió mucho cuando, después de dejar de ver al hombre, le conté que de pequeña quería que él se muriese (dije de pequeña). Me lo repitió durante días.

Me he quedado muy impactada, hija.

Qué mal lo debiste de pasar, para llegar a ese punto, de querer que tu padre se muriese.

Pobrecita. Imagino que has sentido liberación al contármelo y me alegro.

Decía llegar a ese punto como si fuera el final de un largo peregrinar y no se daba cuenta de que ese punto era el de partida, el de siempre. Creía que yo había sentido liberación al contárselo y ese deseo era tan parte de mí que ni siquiera me reventaba en el pecho.

No se entera de nada. No entiende nada.

A mi madre le había parecido bien que hablara con el hombre, que me atreviera a decirle cómo me sentía. También que le hubiera mandado una carta.

Fue lo único que le pareció bien.

Yo lo que no entiendo, Julia, es que no dejes que se acerque a tu hijo pequeño en el parque. A ver qué problema hay con que tu padre vaya a ver a su nieto un ratito y juegue con él.

Es bueno para los niños relacionarse con su abuelo que por otro lado es un hombre tan inteligente y tan bueno, que les puede aportar tantas cosas.

No sobran los afectos en la vida, hija, no puede despreciarse el cariño, así como así. Fíjate lo que ha pasado con Tomás, la vida te da un revés cuando menos te lo esperas.

Te vas a arrepentir. Escúchame lo que te digo. Te vas a arrepentir.

Tampoco entiendo que no dejes que vaya a tu casa a ver a los niños. Si tú no quieres estar cuando él venga a verlos, pues sales un ratito, así aprovechas y te despejas. Te das una vuelta, vas al cine, ves a alguna amiga y yo me quedo con los niños mientras él sube. Cuando llegue, pues nada, yo me voy, así les dejo que estén ellos tres juntos. Y ya cuando tu padre se marche, que me avise.

Yo subo con los niños, y entonces te llamo y tú vuelves. De esta forma no tienes que verlo si no quieres. Pero no les prives a tus hijos de la presencia y el amor de su abuelo. Hija, por favor te lo pido. Hazlo por ellos.

Además, nos parece fatal que no le felicites estas navidades que son las primeras desde que hablasteis.

¿Nos? ¿Cómo que «nos»?

¿A quién te refieres con «nos», mamá?

Pues claro, hija, «nos» de nosotros. «Nos» de tu hermano y yo, quién va a ser «nos». A nosotros, a mí y a tu hermano, nos parece fatal que no le felicites. Es horrible que no le llames ni por su cumpleaños ni por su santo. No entendemos por qué tienes que exagerar de esta forma. Que no le llames ni siquiera para saber cómo está. Es lo mínimo, hija. Es tu padre.

Más cosas que «nos» no entendió:

Que cuando a mi abuela se le atascó la mierda otra vez no fuera al hospital a verla por si me encontraba con mi padre.

Que tuviera tan poco corazón.

Que dejara solo al hombre.

Que ni siquiera acompañara a «nos».

«Nos» sí estaban dispuestos a ir a todo.

Y fueron a todo.

Que me hubiera convertido en una persona desconocida.

Que fuera una desagradecida.

Que me portara de ese modo con el hombre que es muy bueno.

El hombre que siempre estuvo pendiente de mí en extremo.

Que me hubiera vuelto loca.

Que actuara como si me hubieran lavado el cerebro.

Lo que mi madre contestaba cuando le explicaba que no podía hacer lo que ella pedía, que no podía forzarme más a mí misma:

Es mentira. Te lo estás inventando. ¿Qué dices? ¿Que recuerdas qué cosa de ser tú niña y tu padre qué? Pero cómo vas a fiarte del recuerdo de una niña de cuatro o cinco años. Por favor, estamos locos.

Sí, sí, ya sé que te he contado que a mí no me trataba bien. Pero ya te he dicho muchas veces que era mal marido, pero excelente padre.

Un padre ejemplar.

Con sus cosas, sí, pero desvivido por ti, llamándote cada día para tomarte la lección. Siempre preocupado por ti e interesado por todo lo tuyo. Fíjate lo que te voy a decir, fíjate bien: todo lo que eres hoy en día. Todo. Se lo debes a tu padre.

Hombre, claro que me acuerdo de cómo llorabas y los ataques que te entraban a veces cuando te tocaba irte el fin de semana.

Pero mira cómo tu hermano no lloraba nunca. ¿No tendría eso más que ver contigo que con tu padre? ¿Eh? ¿Eso no lo has pensado? Porque tu hermano no lloraba y el padre es el mismo.

Sí, claro, y de las fobias nocturnas también me acuerdo. Y de las mentiras que nos hemos inventado. Pero ¿qué me vas a contar, hija? Claro que me acuerdo.

Tú sabes perfectamente que siempre fuiste una niña muy sensible, demasiado sensible. Sensible e influenciable, me parece a mí.

Hija, yo siempre te he apoyado en todo. En todo. Pero este exhibicionismo emocional tuyo de ahora es que no lo comprendo. Estás completamente trastornada. Vas a la deriva, vas al vacío.

Cuando un día eché a mi madre de casa a gritos, cuando la cogí por el brazo en mi cocina y la giré poniéndola de frente hacia el pasillo de salida y grité, ¡fuera!, y le di un empujón en el trayecto a la puerta, cuando dejé de llamarla, me escribía:

Hija, no le saques punta a todo. Cómo explicarte que he velado toda la vida por ti. Que necesito tu cariño y tu calor en esta soledad que la vida me ha impuesto. Sí, de acuerdo, quise hacer feliz a un pobre hombre que me daba pena porque su madre no le quiso. Por eso él es así, tienes que entenderlo. Y lo que dices no es cierto. No le saques punta a todo.

## 68

Mi hermano se casó un año y medio después de la muerte de Tomás. Faltaban semanas para su boda cuando me invitó a cenar y me pidió que hiciera una lectura en la ceremonia.

Entonces le hablé de cosas que habíamos vivido con el hombre y que él no sabía o no recordaba o no caía en la cuenta o no tenía en mente. Algunas de las situaciones que le conté me habían pasado solo a mí. Le expliqué que, si veía de nuevo al hombre, aullaría, rugiría, me arañaría, me vomitaría entera. Le dije que no podía ir a su boda y encontrarlo allí. Que, aunque quisiera, ya no podía forzarme.

Me cogió la mano. Me dijo que no me preocupara. Que lo comprendía, que él vería la forma de arreglarlo. Que no me preocupara. Que, por supuesto, si alguien iba a estar en su boda, esa era yo. Que no me preocupara.

También se tomó varios días para preparar la respuesta definitiva. Llegó en forma de un correo electrónico. Copiado y pegado en Word el email son casi cuatro mil palabras.

Alguna de las palabras que escribió mi hermano son:

«Cuando papá me invita a cenar, si viene mi novia, me cabrea darme cuenta de que me pongo a pensar en que la blusa que lleva quizá sea demasiado escotada o demasiado transparente, que a lo mejor papá se le queda mirando. Me pregunto si le parecerá bien cómo va vestida o qué opinará. Es una mierda, no creo que de eso nos libremos nunca».

[...]

«Tú me contaste algunos ejemplos, algunos hechos. Yo no cuestiono lo que tú crees que pasó, pero tienes que admitir que está abierto a explicaciones distintas a la que tú te has montado».

Después de ese párrafo mi hermano emplea unas dos mil palabras en deshacer mis conclusiones. Retuerce los detalles como un forense minucioso, como un fiscal obsesivo que pretende abrir la interpretación y esbozar un sinfín de posibilidades.

Entonces dice:

«Creo que debes poner en duda la conclusión a la que has llegado».

Y luego:

«Ya me las arreglaré para fragmentar la boda en actos de forma que no veas a papá. Pero repito, para mí a día de hoy no es razonable considerarlo un abusador o un maltratador y por tanto no voy a tratarle como tal».

Antes de terminar me recomienda perseverancia:

«Imagino que no te gustará leer esto. Te pediría que no lo leas solo una vez. Es muy largo, lo lamento, pero he intentado ser lo más estructurado y lo más conciso posible. Así que hay detalles, matices que la primera vez a lo mejor pasas por alto. O quizá la primera vez te enfades según vayas leyendo, pero a la cuarta a lo mejor te disgustas menos y algunas ideas pueden calar».

Concluye defendiéndose por si acaso:

«Te pediría también que no hagas lecturas del tipo "mi hermano blanquea a papá" o "mi hermano no ha hecho un esfuerzo de introspección para saber hasta qué punto ha sido maltratado por nuestro padre". Es cierto, no lo he hecho. Pero francamente, creo que funciono suficientemente bien y mantengo una visión equilibrada sobre quién es nuestro padre».

Durante la ceremonia mi madre se sentó con el hombre en el primer banco de la iglesia. No fui a la boda. Me desterré de mi familia de origen.

## 69

Con el extrañamiento de mi familia perdí muchas cosas. La posibilidad de volver a mis recuerdos es una de ellas. Los malos me resultaban tan dolorosos que no podía evocarlos ni siquiera para confirmar que era yo quien tenía razón. Los buenos me parecían falsos: los vínculos que creía fuertes, no lo eran tanto; las personas que creía que me habían protegido, no lo hicieron tanto.

Me exilié de mi propia historia que quedó arrasada. Todo árido. Todo yermo. El pasado se transformó en una carcasa hueca. Mi madre ya no es la persona con la que más me gusta estar. Ya no nadamos juntas hasta lo profundo, no bailamos en el salón, no vamos juntas de compras, no sabe qué libro estoy leyendo. Ve poco a mis hijos, no quiero que se quede con ellos cuando voy al cine ni le pido que les cuide si se ponen enfermos y tengo que trabajar.

Cuando era pequeña mi madre colgaba en la cocina de casa un calendario comprado en algún viaje que hubiera hecho el año anterior: jardines de Viena, gatos de Roma, fondos del Museo Picasso de Barcelona. Le gustaba que los calendarios tuvieran una hoja por mes y en cada hoja marcaba los días importantes con un corazón rojo: cumpleaños, santos, aniversarios de boda, aniversarios de muerte, jubilaciones. Yo no he tenido nunca calendarios en mi cocina, pero en todas las agendas que recuerdo señalaba los días especiales con un corazón rojo. A partir del día que la eché de mi casa ya no marco nada.

No paso las vacaciones en el pueblo desde hace tres años. He desechado todos los ritos familiares. No voy al cementerio a poner flores el dos de noviembre, no cocino las galletas de frutos secos por navidad, ni compro ropa para estrenar el domingo de ramos.

Hace poco estuve en el pueblo para visitar a mi madre tras una intervención menor en el centro de salud. Fui y volví en el mismo día. Después de saludar en casa, pasé directamente a ver a Reme. Desde que se ha jubilado, ha pintado su casa, ha barnizado los muebles y ha hecho limpieza de toallas y ropa de cama. Sus noticias apenas me llegan. Tenía la puerta abierta y una escoba agarrada. Se giró al oír mi voz, soltó el palo y me abrazó muy fuerte. Tenía los ojos llenos de lágrimas y con el dorso de su mano secó las mías en un movimiento brusco.

Ese día, mi madre y yo compartimos mantel y algo de conversación. No fue un alivio.

Tu padre ha tenido cáncer de próstata. ¿No lo sabías?

Aunque la vea poco, ella aprovecha para mantenerme al día. Me recuerda que el hombre existe, que anda por ahí, que sigue solo, que está la mayor parte del tiempo en la zona costera donde pasábamos el mes de julio. Que vendió el chalet de las afueras, pero mantiene el piso céntrico cuyo suelo es casi todo de parquet, salvo un cuartito frío y sin luz.

Mi madre me incomoda. No sé dónde colocarla, no sé qué tipo de distancia establecer con ella: la corta que me dicta la culpa, la sideral que me reclama la rabia, la intermedia que resulta de no poder gestionar ninguna de las dos cosas. Por eso cuando la veo, a veces me callo. Es en sueños que le grito, la araño, la insulto.

He perdido casi todas las fotos. Conservo una de la boda de mi madre y Tomás. Está abarrotada la foto. Todo lo que no son ojos, pelo, manos, orejas, dientes, solapas, mangas de farol, patilla de alguna gafa, botones, diadema o brillos de fiesta son esquinitas negras. La sonrisa de Tomás ocupa el centro. Él me recoge la mano, estamos bailando. Sus dedos sueltos se enrollan flojitos en torno a mi palma. Su otra mano está apoyada hacia la mitad de mi espalda. Miro a la cámara y sonrío. Tenía diez años en ese momento. Él está de perfil. Parezco cómoda y relajada, hay un refugio entre la solapa de su chaqueta y mi vestido; entre mi cabeza y la suya.

Cuando Tomás murió hice fotos de algunas fotos que no eran mías. En las que salgo yo, pero no son mías. Intuía que las imágenes familiares no pertenecen a quien aparece retratada sino a la propietaria de la cámara que las tomó, las reveló y las pegó en un álbum. A la dueña del mueble donde se suceden rectos y ordenados los lomos de esos álbumes con los años marcados –1992, 1993, 1994–. Pertenecen a la adulta que ya lo era entonces, en aquella boda. La que en tiempo real hacía la curación de cada instante para decidir cuál se rescataba y cuál no, cuál merecía ser recordado y cuál no. La que con ese material produjo la historia familiar, la responsable de la memoria común, la encargada de dejar fuera los recuerdos disonantes.

Aquí es de cuando cumpliste un año.

Aquí es de cuando viste el mar por primera vez.

Mira qué mona estás, qué carita.

Esta es de aquella vez que te enfadaste sin razón por un helado, ya te lo he contado muchas veces.

Mira qué ceño tan fruncido tienes en la foto, fíjate, fíjate, menudo genio.

Las cenizas de Tomás las echamos al mar tres días después de su muerte. Esa noche subí a oscuras al salón de casa, abrí con cuidado las puertas del mueble, empecé a repasar los álbumes y los extendí en el suelo, a las puertas del dormitorio de mi madre. Ella se había acostado. Despegué la película de plástico que protegía las fotos para que no hiciera reflejo con el móvil y así poder apropiarme de alguna por si acaso. Por eso tengo esa foto. Nunca la he llevado a imprimir, sigue en el móvil, la llevo siempre cerca. Está marcada con un corazoncito y cuando quiero verla busco en mi galería la carpeta de las fotos preferidas.

Esa noche mi madre durmió sola. De vez en cuando, dejaba las fotos y me asomaba a la puerta de su cuarto a ver si tenía un sueño tranquilo, si respiraba con sosiego. Se me hizo de día devolviendo los álbumes al mueble donde siguen guardados.

## 70

Es posible que el pasado convertido en carcasa sea lo que ha dado lugar a un presente disponible y un futuro más amplio.

En ese presente ensanchado, el verano es poder elegir un lugar de vacaciones propio, en una casa nueva para todos, construida en alto y ventilada siempre por el este y el sur. El chico de sonrisa amplia cocina lo que le apetece y si queremos, cenamos pizza congelada dos noches seguidas. Al enjuagar los bañadores de los niños veo un polvito dorado que se acumula en el lavabo. Miramos cómo los escarabajos y las hormigas se pasean por delante de nuestra esterilla. Nos bañamos por turnos en una playa cualquiera si los niños se han dormido en el coche, dejando un charquito bajo sus papadas. Cuando se despiertan pueden llorar y berrear si quieren y decir que no les apetece dar un beso. No hace falta defenderse todo el rato, las diez de la noche es una hora como otra cualquiera.

En el futuro ampliado se puede comer en la playa una mezcla de arroz, de garbanzos, de tomate, de judías verdes, de carne. De arena también. Jugar a que soy un tiburón y ellos unas gambitas que voy a atrapar. Decirle a mi hijo pequeño, me encanta ser tu mamá y que él conteste, a mí me encanta ser tu hijo. Echarnos siestas mientras ellos ven dibujos en la tele. Llevar las sillitas del coche llenas de tierra, de migas y de restos que ya no podemos identificar. Tocar la guitarra sin que nadie me mire y me diga si lo hago bien o lo hago mal. Tomar helados y ensaimadas de crema y triángulos de chocolate. Dejar que los niños tiren trocitos de pan por la barandilla porque están fascinados con las cosas que caen, que flotan, que se suspenden. Barrerlo todo dos o tres días después.

Hacer una maleta solo para los peluches, que también van de viaje, es algo que puede hacerse en este presente abierto. Y pintar las vías del tren con ceras de colores. Cuando intentamos que los niños duerman la siesta para que aguanten más por la noche y podamos salir a tomar una cerveza, nunca ocurre. Ellos nunca se duermen cuando una quiere. Encontramos en todas partes huellas de dinosaurios, fósiles prehistóricos y pinturas rupestres. Hacemos turnos para tirar la basura en los contenedores de la esquina y el día que me toca es el mejor día porque tengo esos minutos de descanso y soledad.

En ocasiones me pongo a llorar sin que nadie entienda por qué. En una sala de espera, por ejemplo. Los niños juegan entre dos filas de sillas con un globo que han encontrado. El chico de sonrisa amplia pregunta qué me pasa. Con los ojos cerrados muevo levemente la cabeza. No digo nada. He visto a un hermano y una hermana. Los dos delgados, él más alto que ella. Calculo que tienen algo menos de veinte años. Se abrazan.

En el presente remansado hay un grupo de escritura. Conozco a Ruth, a Gabi, a Elena, a Alba. Escribir con ellas, leernos unas a otras, acompañarnos. A borbotones empiezan a salir fragmentos de este texto. Me despierto con una idea, no la apunto, la pierdo para siempre. En su compañía exhumo la memoria, desentierro los túneles, cavo a la inversa.

Hay que hacerse a los programas de una lavadora distinta en las vacaciones del futuro dilatado. A la temperatura del nuevo horno, a que el lavaplatos no lave bien si lo cargamos mucho y amontonamos demasiados cacharros. Ayudar al chico de sonrisa amplia a cortarse el pelo, poniendo un espejo contra el tronco del árbol que esa misma mañana había sido un barco pirata. Pongo unos ajos a sofreír y un poco de arroz, una hojita de laurel y dos vasos de agua. Me voy a escribir, se quema todo el arroz. Hay que rascar el fondo de la olla con el mismo estropajo con el que nos habíamos quitado la témpera. Me acuerdo de amigas, quiero llamarlas y no encuentro el hueco porque hablan demasiado. Me alejo de otras, de pronto no encuentro nada entre nosotras. La amiga Pigmalión sigue pensando que el hombre es muy culto.

Mis hijos ya no lo recuerdan, no saben quién es. Aun así, el hombre se hace presente a veces. Por ejemplo, cuando sin darme cuenta les digo, chicos, no comáis como los pavos. Me sale esa expresión al verlos atiborrarse de pan, masticando a dos carrillos, cubriendo con un reguero de miguitas sus mofletes, sus barbillas, las camisetas.

También reaparece cuando grito con voz ronca y ojos biliosos de odio, cuando me dan ganas de arrastrarlos por el pasillo y no consigo reprimirlo. Entonces los niños me temen, ven el monstruo que sale de otro monstruo. Les salta encima, les aplasta con sus uñas pálidas y un grito desgarrado que no se apaga. En esos momentos, cuando la furia me devora, les persigo y no les suelto porque cuesta mucho saciar al engendro si aparece. Rompo la espada láser que les gusta, salta el plástico duro en mil pedazos. Tiro las piezas de sus juguetes, doy portazos, me quedo afónica.

Salgo a nadar por las mañanas. Antes de que nadie se despierte, camino por un sendero hecho de pisadas hasta una plataforma de piedra al borde del mar. Salto. Me lavo la cara. Abro los ojos dentro del agua, está tibia. A lo lejos un velero sale del puerto. En el camino de vuelta voy dejando huellas mojadas por la senda. El pelo no se me seca hasta que terminamos de desayunar.

Hacemos túneles en la playa. Un hijo se pone en un extremo y yo en el otro, pegamos la cara a la arena y nos miramos a través de ese embudo blando y aireado. Echamos un cubo de agua, se absorbe enseguida. El niño mayor crea instalaciones con los manguitos, las toallas, unas pelotas y la comba.

El pequeño dice, huele a salchichón y pregunta enfurruñado quién se ha comido su salchichón.

Contesto, ¿puede ser puerro lo que notas? Porque acabo de partir un puerro.

Veo su perfil acercarse a mi mano dispuesto a oler con atención. Siento su soplidito nasal sobre la yema de mis dedos. Concluye, no; es salchichón, alguien se ha comido mi salchichón. En esa casa no ha habido salchichón en ningún momento, nadie compra salchichón en los veranos futuros.

Tengo densidad en el presente. El cuerpo empieza a transformarse en algo que soy y no solo algo que tengo, que me lleva y que me trae. Se ablanda en el abrazo del chico de mirada fija. Se estremece si me toca el pelo, si me mira tan fijo como siempre. Nadamos juntos, su mano sobre mi espalda o mi cintura. Vemos un banco de palometas y las ondas de las termoclinas. Notamos el agua más fría al atravesarlas.

Dejar de sobreactuar para sobrevivir. Darnos un primer baño de mar los cuatro juntos. Descubrir un árbol con sombrero de gnomo, que los niños pregunten varias veces al día si es por la mañana o por la tarde, que adivinen letras que les dibujo con el dedo en la espalda.

En el presente disponible mi hijo mayor dice:

¿Mamá?

Dime.

¿Te digo qué?

Sí, dime.

He pensado que cuando note que me voy a poner nervioso o a gritar o a decir que no muy fuerte, te aviso y tú me puedes hacer cosquillas porque así me entra la risa y se me pasa el enfado.

Ah, qué buena idea.

Y te quiero preguntar otra cosa.

Dime.

¿Ahora es antes de Cristo o después de Cristo?

Acuesto a mi hijo pequeño. Me quedo con él hasta que se duerme. Cuando lleva un rato sin moverse y pienso que ya está, que ya me puedo levantar sin hacer ruido, oigo que empieza a cantar «yo tengo un cactus verde que vive en mi balcón, poleri, polera, polero». Le pregunto si le parece que es momento de ponernos a cantar el cactus verde. Se ríe.

En los veranos del presente hay una higuera: el ruido de las hojas, sus insectos, la resina dulce saliendo del fondo de un higo, el néctar blanco recién cortado. Arriba, alto, alto, hay más higos, son enormes. La sombra.

## 71

Una mañana llama mi madre. Dice que viene de camino. Que nos ha hecho un cocido, que no me preocupe, que no va a subir a casa si no quiero, pero le duele la cadera y pesan mucho el caldo, los garbanzos, el repollo. Salgo a buscarla y la encuentro sentada en una terraza, con las bolsas llenas de comida a sus pies.

Está abatida. Se quiere morir, ya no sabe para qué vive, dice. Está comprando muchas pastillas en las farmacias, va de una farmacia a otra, las acumula. Ella llora, yo estoy rígida. Pregunta si no podemos dejarlo todo atrás, seguir como antes solo que sin meternos en temas escabrosos, sin remover la mierda con un palito. Así lo llama: remover la mierda con un palito.

Me pongo más rígida. Cojo las bolsas y vuelvo a casa pensando que estoy matando a mi madre. Saco el cocido. Lo meto en la nevera mientras me digo, se van a morir todos y el último hombre en pie será el hombre de siempre.

Noto que el futuro desaparece porque las vértebras lumbares se me tronchan. La L1 y la L4 y la L5 se convierten en polvo, en arenisca. Me duele tanto la espalda que apenas puedo andar.

En la bolsa del cocido va también una caja con un trenecito de la maqueta que tenía Tomás. Es para los niños. Se pasan la tarde discutiendo si es de uno o del otro, si la yaya se lo ha regalado a este o a aquel o a los dos a la vez. Uno de ellos de pronto dice, bueno en realidad es de mamá.

Pregunto, ¿mío? ¿Y eso por qué?

Pues porque era de Tomás y tú eres su hija.

Con eso se zanja la discusión. El cocido envenenado lo tiro a la basura.

Mi herencia es un trenecito Marklin H0 para modelismo ferroviario. La ascendencia que quería, finalmente me la han atribuido mis hijos. Cuando sacan el tren para jugar me piden que me coloque en un extremo del pasillo. Ellos se sientan al fondo, en el suelo. Me preparo para lanzarlo y los veo agazapados como cachorros, con la mirada fija en mi mano para abalanzarse a por el tren en cuanto lo suelte. A ver quién lo coge primero y lo devuelve hacia mí. Otras veces uno hace de maquinista y da avisos a los pasajeros por el sistema de megafonía. Avisos como que hay un zorro en la vía y tenemos que bajar o que si el maquinista no come un poco de pan se desmayará y no podremos seguir.

## 72

De las cinco amigas del grupo de escritura, solo Alba vive fuera de la ciudad. Su casa está en una isla frente a la costa donde pasaba los veranos con el hombre. La misma costa por la que él sigue vagando, según mi madre.

Alba nos ha invitado a pasar unos días en su casa. Yo me encargo de sacar los billetes de tren. En la página web de la empresa de transporte ferroviario tengo que poner la fecha del viaje y el municipio de destino. Cuando lo tecleo y veo escrito el nombre del lugar –las cuatro palabras con sus doce letras– tengo una reacción que me coge por sorpresa del puro automatismo, de la mera angustia. Me acuerdo de Reme. Mira cómo tengo los pulsos, mira cómo se me han puesto los pulsos, hubiera dicho ella. Y si hubiera sabido, seguro que también habría dicho, pero niña, qué necesidad, es que a quién se le ocurre asomarse así por gusto a la guarida del lobo.

Mando un mensaje al grupo que tenemos las cinco. Pongo, qué raro se me va a hacer volver a ese sitio.

Ruth escribe: estos días que vamos a pasar juntas en la isla de Alba pueden ser un final bonito de novela.

Hago el viaje con la esperanza de generar otros recuerdos en ese lugar. Desde el tren reconozco el paisaje. No digo nada a mis amigas. No digo, yo sé cómo huele allá afuera, sé cómo se siente la humedad y sé cómo habla la gente. No les digo que en cuanto ponga un pie en el andén se me va a pegar el acento. Me lo callo todo.

Llegamos a la estación. Bajamos andando por la calle que al fondo a la derecha conduce al paseo marítimo donde vive el hombre. Ensayo mentalmente qué haría si me lo cruzara. Gabi cuenta una anécdota de su trabajo y con eso me distraigo, se me olvida a ratos que el hombre puede andar al acecho. Cogemos un taxi juntas, cruzamos el puente que lleva a la isla. Del otro lado del puente me siento más tranquila.

En casa de Alba hablamos, escribimos, imaginamos este fragmento, discutimos si debería o no concluir un texto más largo que contara esta historia. Tomamos cosas que veía en los restaurantes de la zona a los que iba con mi padre pero que nunca probaba: gambas, mejillones, chuletas, pimientos verdes, sidra.

Vemos atardecer al lado del faro. El sonido de algún pájaro, la luz que cede, el olor a redes secándose, a eucalipto. Siento que, a pesar de todo, el lugar me pertenece en cierto modo. En la arena reconozco las caracolas de la isla. Son muy características por el patrón que hace el nácar, no lo he visto nunca en otro sitio. Hace tres décadas las cogía en esa playa para mi madre y ahora las cojo para mis hijos. Con el borde roto de una lapa y un trozo de cordón les hago un collar a cada uno. El sentimiento es confuso: de profundo reconocimiento por un lado y de rechazo por otro. Un lugar que es casa y desamparo a la vez. Será eso lo familiar.

Desde el norte de la isla se ve el edificio de mi padre. No se distingue la piscina ni la ducha de la piscina. Gabi dice, es que hasta el edificio es feo, parece el castillo de un malo. De vuelta en casa de Alba, ya en la cama oigo que alguien pasa. Está oscuro y cierro la ventana. Esa noche sueño que nos encontramos con el hombre. Gabi y Elena se interponen entre nosotros. Le increpan, no dejan que se me acerque, me defienden.

## 73

A la mañana siguiente Alba quiere enseñarnos un secreto. Después de desayunar caminamos hasta un solar cubierto por retazos de cemento seco, ladrillo y roca. El terreno está pegado al mar. En un lateral hay un edificio abandonado, es una antigua fábrica de conservas. Alba señala un recoveco en la fachada. Nos acercamos hasta que distinguimos un hombre diminuto incrustado en el hueco. Es una escultura de Isaac Cordal.

El hombrecito de hormigón es calvo, está vestido con traje gris y lleva las manos a la espalda. La cabeza gacha, a la deriva entre la suciedad y los escombros. Solo, ridículo en su tristeza, pelele, mísero. Me quedo mucho rato mirándolo, no puedo despegarme. No soy capaz de tomar una foto.

Enfrente reconozco los bajos donde mi padre fondeaba la chalana en verano para pescar. Donde me mareaba con el bamboleo y el chaleco salvavidas de color naranja.

Vamos a una playa llena de algas y pasamos el resto de la mañana haciéndonos vestidos de algas, guantes de algas, hombreras, mantones, cinturones de algas. Hay una variedad específica que deja unas motitas grises y verdes flotando sobre la superficie. Al meterme en el mar para enjuagar mi propio verdín, me acuerdo de cuando esparcimos las cenizas de Tomás. Me quedo un rato suspendida sobre ellas, como si flotara sobre los restos de un muerto. Un muerto que me acoge, que me mece, que me envuelve y me sostiene. Bebo un sorbo de esas otras cenizas.

Es la última tarde que pasamos en la isla. Como he llevado el ordenador, después de comer me pongo a escribir un rato. Le pido a Alba un pen drive y guardo el documento completo. Ella no tiene impresora en casa, pero su tía Carmen, que vive a tres calles, me ofrece la suya y un café.

Al abrirme la puerta, Carmen dice, ¿te ha entrado una urgencia? Sonrío. Le digo que me gusta la pregunta, porque sí, efectivamente, me ha entrado una urgencia. Algo así.

El café se acaba pronto, pero la impresora continúa sacando una página tras otra. Cuando nos quedamos calladas se oye el chasquido de las frases disparándose sobre las hojas en blanco. Me acerco a mirar el ordenador para ver cuánto queda. En total son ciento sesenta y dos páginas. Le pido disculpas porque a este paso voy a gastar todo el papel. Contesta, anda, no seas boba, y todo sigue tomando forma en el salón de esa casa desconocida.

Cuando por fin termina la impresión, la tía Carmen dice, no tengo grapas ni nada, pero espérate porque un sobre grande para que metas esa resma sí que debe de haber en algún sitio. Rebusca en su escritorio y saca uno de color ocre acolchado por dentro. Es perfecto, le digo. A continuación, le pido un último folio, solo uno más, y un bolígrafo.

A mano escribo, «No lo sabes. No te enteraste de nada. Esto es para que de verdad sepas, para que no dejes de saber». Con el folio doblado a la mitad hago una faja que abraza las ciento sesenta y dos páginas por el lateral.

Pido un taxi. Me recoge el mismo conductor que un par de días antes nos había cruzado a la isla por el puente. Le doy el nombre del edificio de mi padre, le digo que no recuerdo la dirección exacta, la calle sí, pero el número no, que yo le indico. Cuando llegamos, le pido que me espere para llevarme de vuelta a casa de Alba, que es un segundo, que enseguida estoy.

Es el final de la tarde. Recuerdo que a esas horas mi padre ya no salía de casa para evitar la humedad. Pienso que es poco probable que me lo encuentre. La puerta del edificio está abierta. Al entrar lo primero que me llega es el olor a cloro de la piscina y con ese olor recupero la angustia de verme de nuevo en la boca del lobo.

Hay un portero que no reconozco. Viene hacia mí. Pregunta a dónde voy y contesto que solo quiero dejar un sobre para…, y digo el nombre completo del hombre. Me señala su buzón. Por un momento me da miedo que la ranura sea demasiado estrecha, que no quepa. El sobre es muy grueso y tengo que hacer fuerza, apretar un poco por los laterales, deformar las páginas. Pero sí entra. Sobresale una esquina nada más.

Doy las gracias al portero y salgo. Él no contesta. Ya podemos volver, digo al taxista.

Esa noche cenamos en una sidrería. Nos reciben en la barra con un vaso para cada una y, después del aperitivo, me aparto un poco para llamar al chico de mirada fija. Me cuenta que los niños han preguntado por mí al despertarse y que se han entretenido mucho el resto del día. Justo antes de colgar menciona algo de la deposición. Sonrío y digo, uy, es verdad, que no te he preguntado, cómo se me ha podido olvidar. ¿Ha sido buena la deposición? ¿Consistente? Río bajito y colgamos. No le cuento nada de la urgencia, me lo guardo para el día siguiente.

Salimos de la sidrería y vamos a bailar hasta que cierran el único bar de la isla. Volviendo a casa de Alba oímos los grillos por el camino. Ya no nos acostamos porque falta poco para que salga el tren de vuelta. Elena nos acurruca en el sofá con unas mantas, se va a la cocina y prepara café para todas.

En la estación me duele la cabeza, pero la tripa no. No tengo ganas de vomitar. Ruth saca cuatro paracetamoles del bolso y esperamos en un banco del andén. Mis amigas se duermen nada más sentarse en el vagón. Yo no duermo, miro por la ventanilla. Al otro extremo de las vías esperan mis hijos y el chico de sonrisa amplia.

## 74

El día siguiente es domingo y los domingos por la mañana nos metemos los cuatro en la cama. Miramos cómo las motitas de polvo se iluminan por la luz que entra del patio. Leemos algún cuento.

Mi hijo pequeño salta y se lanza encima de nuestras piernas. Ríe y con su risa hace un sonido efervescente que nos entra por el cuerpo. Le gusta que su padre le tire almohadas y también que juguemos a las cartas, aunque los montoncitos de cada uno se desbaraten sobre la superficie inestable de la sábana.

El perro sube a la cama y apoya el hocico debajo de mi barbilla. Mi hijo mayor le acaricia. Se le mueve su primer diente de leche. Todas las sensaciones le resultan extrañas, poder desplazarlo un poco con la lengua, notar la encía. Dice que para el próximo diente que se le mueva ya sabrá cómo es. Le digo que sí, aunque cada diente es distinto. Como las teclas de un piano que suenan todas diferente, contesta.

El lunes por la mañana, mientras preparo un café aprovechando que todos duermen, me viene a la cabeza la imagen del hombrecito de Cordal.

Está enfadado. Gruñe. Saca un dedo índice tieso pero amorfo. No quiere contraerse, por eso protesta, pero los gritos llegan muy bajito. Hay que girar la cabeza y apuntar el oído hacia sus estertores en ultrasonido para entender algo. Las muecas de disgusto se le salen de la cara que, cada vez más contrahecha, intenta acomodar ese histrionismo desproporcionado para un ser tan minúsculo.

La imagen se desvanece cuando oigo al perro arañando la puerta de la terraza. Pongo la cafetera en el fuego y abro. Ahora las mañanas son templadas, aunque sea muy temprano. Salgo detrás de él. Se acerca al tallo que brota de una castaña cogida en el parque hace meses. Husmea el suelo y levanta la pata trasera.

Toco las hojas del arce, algunas también están brotando. Con el pie izquierdo rozo la escultura de la niña que está en el suelo, pegada a la maceta y medio oculta por las cañas del bambú que despuntan paralelas al suelo antes de coger vigor y lanzarse hacia lo alto. Descalza, con el pelo recogido. Me acuclillo para verla de cerca y pienso que es enorme comparada con el hombrecillo patético y degradado. Quizá mira hacia abajo porque lo contempla, por eso se ve el párpado de la escultura. La niña tiene que proyectar el ojo al suelo para ver al hombre.

Oigo la cafetera silbando con furia. Vuelvo a entrar en casa, me parece que se ha quemado el café.

# AGRADECIMIENTOS

A Zambra le he oído decir que escribir una novela es un proceso más colectivo de lo que podría pensarse. En este texto, sé que de algún modo podrán reconocer sus aportaciones estas amigas y amigos: Gádor Camacho, Raquel Congosto, Bárbara Crosetti, Andrés Di Tella, Evelyn Everlij, Andrea Fernández, Alejandro Kirchuk, Ana Kuntzelman, Nadine Lifschitz, Eva Marín, Clara Martínez, Ana Montes, Chavela Olivares y Santiago Porter.

A Mercedes Halfon, gracias por acompañar con su sensibilidad esta novela desde el principio.

Gracias también a Sabina Urraca, con quien comenzó la posibilidad de escribir por disfrute, y a María Fernanda Ampuero, por no asustarse de nada.

A Julia Durruty, por ayudarme tanto.

A mis lectores cero de la oficina, José Miguel Ramos y Celina Alonso, gracias. A Kike Parra y Bárbara Blasco, por señalar justo ahí donde hacía falta. A Paulina Carriedo, por la lectura que solo ella podía hacer y por ayudarme a cuidar de lo más importante. A Antonio Girón, por las fotos del día de la lotería.

A mi madre.

A mis hijos.

A Jorge, gracias por el compromiso, por dejarme dormir hasta más tarde, por los cientos de *pancakes* y el amor compartido a la montaña y al mar.

A Garbo, por los paseos en el Retiro a primera hora de los martes y viernes.

# ÍNDICE

Esta edición de *Clavarse las uñas*,
de Lucía Rodríguez, obra finalista del
XLIII Premio de Novela Felipe Trigo,
se terminó de imprimir en Sevilla,
el 2 de abril de 2024